王曉平 編著

日藏詩經古寫本刻本彙編

（第一辑）

第九册

中華書局

再刻頭書詩經集注（上）

卷一——卷四

目録

詩經集注卷之二

邶一之三（十九篇）

鄘一之四（十篇）

衛一之五（十篇）

詩經集注卷之八

頌四

再刻頭書詩經集注研究序説

王曉平

日本江户時代是朱熹《詩集傳》風行學界的時代，出現過多種《詩集傳》的注釋和講義，日本人撰寫的《詩經》研究著述也多圍繞《詩集傳》展開。《再刻頭書詩經集注》是其中一個流傳時間很長並廣泛用作教材的本子。

一　松永昌易與朱子學的《詩經》學

松永昌易（一六一九——一六八〇），江户前期儒者，藤原惺窩門下四大弟子（所謂四天王，即林羅山、那波活所、松永尺五、堀杏庵四人）中的松永尺五之長子，號春秋館、寸雲子，居於京都西洞院。繼承父親的春秋館，擅俳諧。

松永昌易的父親松永尺五（一五九二——一六五七），是江户初期著名學者。慶安元年（一六四八）天皇詔於禁闕南賜予數十弓地，建講習堂，該堂建成後，石川丈三作《燕賀詩》，其小序有「幸得此地，去天尺五，可謂榮路字階，吉祥之宅」，「去天尺五」語取杜詩之句「去天只尺五」之意，其號出於此。尺五著有《四書私考》、《七書備考》、《七書諺解》、《無免録抄》、《棠陰比事》、《彝倫抄》、《杜詩抄》、《陳書諺解》、《五經私考》等。松永尺五提出的「三綱五常説」最爲著名。

松永昌易的著述也很多，主要有：

《易經集注》，程頤傳，朱熹本義，松永昌易標注。

《三體詩法》，周弼選，圓至注，裴庾增注，松永昌易校。

《周易傳義》八册，寬文四年（一六六四）。

《春秋集注》十五册，寬文四年（一六六四）。

《書經集注》六册，蔡沈撰，寬文四年（一六六四）。

《禮記集説》十五册，陳澔著，今村八兵衛，享保九年（一七二四）。

《本朝文粹》，藤原明衡編，松永昌易校。

《頭注詩經集傳》是松永昌易採摭元明諸儒之説編就的一部朱熹《詩集傳》的導讀類著述。該書末尾有他的短跋：「右詩三百十一篇，朱子《集傳》之考證評注者。余教授之暇，采摭元明諸儒之説，以便同志後學之徒者也。講習堂寸雲子昌易。」可見他撰著本書的目的，就是爲了給閲讀《詩集傳》的後世學子提供方便，他對諸儒衆説的選擇無疑也折射了當時日本學人接受宋明詩説的某些特點。

縱觀江户時代三百年間直到明治時期，多數儒者提到《詩經》，腦海裏浮現最多的不是《毛詩鄭箋》，而是朱熹的《詩集傳》，也稱爲《詩經集注》。《詩經集注》有多種日本刻本，至今有傳的包括播磨屋勝五郎板的嘉永五年刊本、河内屋佐助板的寬政三年刊本、近江屋平助等板的慶應元年刊本等，中村惕齋還著有《筆記詩集傳》，有明和元年刊本。在衆多的《詩集傳》和刻本中，松永昌易所撰《頭注詩經集注》尤爲引人注目。

江户初期的《詩經》研究，朱熹《詩集傳》一統天下。這一時期，從思想層面上説，出於統一意識形態的需要，積極樹立朱子學的權威，《詩集傳》具有統一教材的性質；從學術層面講，過往的戰亂時期萎縮於清原家等少數世襲家族的學術傳統，需要調整與更新，開始發展適應於町人社會的儒家教育和學術，首先需要的是學術積累。儘管日本江户時代的詩學和儒學著述，具有很强的普及性和世俗性，而這一特點在初期就更爲明顯。正因爲如此，我們很難從林恕的《詩經私考》、《詩經别考》、松永昌易的《頭注詩經集注》等找到屬於作者的獨特見解，而這也正是那一時期《詩經》研究走過的必要階段。那時的儒官、藩儒（各藩的儒臣）和鄉學教授既是教育者，也是研究者，他們的很多著述首先是面向門生學習需求的，這也形成了當時經學著述的「教輔」性特點。

松永昌易所校《頭注詩經集傳》從江户初期便開始流行，以後多次重刻。這裏影印的是署名「大阪書林積玉圃、宋榮堂合梓」的鈴木温再校的《再刻頭注詩經集注》。書封底標注：「寬文四甲辰歲九月吉辰、寬政三辛亥歲五月再刻、慶應乙丑歲六月三刻，元治再刻」，可知本書初刻是一六六四年，再刻爲一七九一年，三刻已是江户末期的一八六五年。元治指一八六四年至一八六五年。這樣看來，本書就是一八六五年刊本。由此可見，松永昌易注釋的《詩集傳》在日本流傳近於百年。

所謂「頭注（toutyuu，kashiragaki）」，是指寫在本文上欄的詞語解釋、評點和解説，也稱冠注。本書的「頭注」是松永昌易所作，頭注部分除了引用各種文獻來對本文加以補正之外，也有針對朱熹注釋所作的注釋，如在《大雅·抑》的注的末尾，朱熹曾經引述侯苞的説法，侯苞是何人，未予説明。松永昌易爲此加了注解：「侯苞，撰《韓詩翼要》十卷者也。」

鈴木温在校勘此書的時候，也把一些校勘文字加在了欄上。這些對於瞭解《詩集傳》的日本版本是有一定參考價值的。《再刻頭注詩經集傳》有鈴木温撰寫的跋：

> 標注五經集注者，平安書肆郁文堂所刊行也。而行於世日久，印版磨滅，且舊點國讀紛擾繁碎，學者嘗苦讀，而《詩傳》殊甚矣。於此謀再刻，來乞校正。余則從望楠軒所藏之本，正其國讀，刈煩從簡，一以不失《傳》義，而便乎誦讀爲要。若夫《標注》與《傳》之旨相背馳也，存而循舊者。將鳴寸雲子之勤，而又使芻蕘雉兔者往焉。其至剞劂氏之屢失工也，猶似蚊蠅驅撲之患，有不可堪者，讀者恕諸。
>
> 寬政辛亥之秋　尋思齋鈴木温記。

鈴木温生平不詳，「鈴木温」、「鈴木尋思齋」之名見於日本《國書總目録》第六卷、第七卷，鈴木温的著述有：

《頭書詩經集注》八卷，寬文四年（一六六四），野田莊右衛門刊。

《新刻頭書詩經集注》八卷，寬政三年（一七九一），今村八兵衛刊，内閣文庫藏。

《再刻頭書詩經集注》八卷，慶應元年（一八六五），秋田屋太右衛門等刊，岩手大學圖書館藏。

《申學士校詩經大全》二十卷，林信勝點，承應二年（一六五三），吉文字屋莊右衛門刊，八户市立圖書館藏。

《頭注詩經集傳》除了有上述刊本外，明治時期尚有刊本，大阪嵩山堂，出版年月不明，大阪書林、汲書房明治九年（一八七六）印刷，藏早稻田大學圖書館。

二 明代《詩經》學的東傳

《再刻頭注詩經集傳》頭注最多引用的有四部書，那就是胡廣《詩經大全》、江環《詩經衍義》、徐奮鵬《詩經刪補》和顧夢麟的《詩經説約》。

胡廣（一三七〇——一四一八）的《詩經大全》。該書抄襲劉瑾《詩傳通釋》，稍變體例，略作增補。《四庫全書總目·詩經大全》：「故有元一代之説詩者，無非朱傳之箋疏。至延祐行科舉法，遂定爲功令，而明制因之。廣等是書，亦主於羽翼朱傳，遵憲典也。然元人篤守師傳，有所闡明，皆由心得。明則靖難以後，耆儒宿學，略已喪亡。廣等無可與謀，乃剽竊舊文以應詔。此書名爲官撰，實本元安城劉瑾所著《詩傳通釋》而稍損益之。」顧炎武《日知録》：「當日儒臣奉旨修《四書五經大全》，頒餐錢，給筆札，書成之日，賜金遷秩，所費於國家者不知凡幾。將謂此書既成，可以章一代教學之功，啓百世儒林之緒，而僅取已成之書，抄謄一過，上欺朝廷，下誑士子，唐宋之時有是事乎？豈非骨鯁之臣已空於建文之代？而制義初行，一時人士盡棄宋元以來所傳之實學，上下相蒙，以饕禄利，而莫之問也！嗚呼！經學之廢，實自此始。」

江環所著《詩經衍義》，江户時前期已傳入日本。江環是明嘉靖至萬曆間人，字縉雲，福建雲霄莆美村人。幼年好學，官至貴州道監察御史，在檢舉彈劾中不畏權勢與顯貴，弘正抑邪，數次不顧個人安危營救被捕的朝臣。他潛心鑽研《詩經》，所著《詩經衍義》被奉爲正宗範本，明末清初，邑人以他的著述有功於後世而請將其配祀於朱文公祠。

徐奮鵬《詩經删補》，亦稱《詩經鐸振》。徐奮鵬生平不詳，此書初刊與萬曆四十年（一六一二），四十四年重刊。《凡例》申明「解《詩》以朱《傳》爲主」，而《詩經大全》可「備朱《傳》所未及處」，然而《大全》及現有資料繁富，不便於學習，所以他加以删冗補闕。本書有明萬曆刊本，現藏日本。臺北中研院文哲所有縮微膠卷。

顧夢麒（一六八五——一六五三）《詩經説約》，今存明崇禎十五年（一六四二）太倉顧夢麟織簾居刊本二十八卷和清代雍正十一年（一七三三）贈言堂刻本三十一卷。傳入日本後受到學人歡迎，先後翻刻，所謂「和刻本」有日本寬文九年（一六六九）京都芳野屋權兵衛刻本，底本即爲上述崇禎顧氏織簾居刊本。另外還有京都出雲寺和泉掾後印本二十八卷，上有批注及大正七年（一九一八）三月三十日松軒識語。

從松永昌易頭注的選擇來看，他不僅注重對詩句字詞的解釋，而且看重從文學上體味和鑒賞詩句的情感内涵。他多次從以上各書引用李白、韓愈、黄庭堅等唐宋詩歌，引證《詩經》詩篇描繪情境相同的詩句，同時盡可能引用一些文學家的觀點或者從文學的角度對詩句予以分析的看法。他多引楊慎的《楊升庵文集》中的看法，不僅《戰國策》、《史記》、《漢書》中，甚至《博物志》、《容齋隨筆》、《琅琊代醉編》等書中有關《詩經》的見解也都收了進來，對《詩經衍義》的引用，集中在不多的徐常吉、謝枋得等幾位文人學者的詩説上。

除了這些《詩經》研究著述之外，值得注意的還有頭注對明代哲學家羅欽順《困知記》的幾處引述。羅欽順（一四六六——一五四七）仿照張載《正蒙》方式而撰著此書，是作者哲學思想的總結。書名出自《論語》「困而知之」一語，意指苦心鑽研所得。全書六卷，其中《困知記》兩卷成書於嘉靖七年（一五二八）。該書除有明清刊本之外，傳入日本後受到重視，今傳有日本萬治元年（一六五八）刊本。《困知記》是批判心學、改造理學的重要著作，對於研究理學演變史具有重要價值。作者自述著述的目的在於「繼續垂危之緒，明斥似是之非，蓋無所不用其誠」（《羅整庵自志》），明確表示一心要繼承儒家傳統，抨擊各種似是而非的理論。在天理與人欲問題上，他摒弃「存天理，去人欲」的理論，提出了理欲統一的學説。對於明清之際唯物主義思潮的興起起了重要作用。在《頭注詩經集注》中恰恰引述了他批評陸象山「以欲爲惡」的觀念，肯定《詩經》對人情世態的真實寫照。伊藤仁齋等學者對「誠」的推崇和對「詩寫人情」的肯定，無疑受到明代思想家的影響。《頭注詩經集注》對中國學者觀點的引述，爲我們提供的資訊，給了我們把握這種影響的着力點。

在正文之前，松永昌易還引用了《初學記》、《經籍志》、《讀書録》、《詩經衍義》對《詩經》一書内容的評述，其中值得注意的是《讀書録》中「《詩》一經，性情二字括盡」一句。《讀書録》是明代哲學家薛瑄（一三八九——一四六五）的重要著作。共二十二卷，是薛一生讀書、講學的筆記，編成於景泰七年（一四五六）以後。據黄宗羲説，此書大意是爲《太極圖説》、《西銘》、《正蒙》作義疏，多重複，未經删改，「蓋惟體驗身心，非欲成書也」。

《讀書録》所討論的雖是程朱理學中的問題，並推崇朱熹，但對朱熹思想作了修正和發展。在理氣、道器、太極、陰陽的關係問題上，薛不完全同意朱熹的觀點，而主張理在氣中，道在器中，太極在陰陽中，並公開批判「未有天地之先，畢竟先有此理」以及理能生氣的説法。書中提出「一氣流行，一本也」的命題，爲後來羅欽順等人所發展。但在人性問題上他完全接受了朱熹的思想，宣揚「後性説」。《讀書録》有明萬曆二十四年刻本，清乾隆十一年刻本分《讀書録》、《續讀書録》各十一卷。

下面是《再刻頭書詩經集注》引用的其他文獻：

書中簡稱	作者	全書名
音釋	元人許謙	《詩集傳音釋》
通解	明人黄佐	《詩經通解》
徐氏《筆精》	明人徐𤊹	《筆精》

三　《詩集傳》與江户詩經學的變遷

江户時期的各學派的消長和學風轉换，最直接地反映在《詩經》研究上，而對《詩集傳》的態度則最能折射這種學風的演進。朱子作爲官學的標誌，固然接受了最高的讚譽，在一定時期，《詩集傳》卻成爲徂徠學派的衆矢之的。江户時代的儒者對《詩集傳》從最初的埋頭研讀、一味信從，到漸生疑竇，質疑迭出，到後來有人出來譏嘲抨擊，儘管古學派、朱子學派、折中學派各有區别，但從整體來説，學者們在朱子面前經歷了從師視、友視到輕視的態度轉换。然而，一個不争的事實是，各派學者在各個階段對《詩集傳》實際上都有所汲取，在古學派某些學者對《詩集傳》的批評中，則都受到明代學者的影響。

在江户時代的《詩經》著述中，以研讀《詩集傳》爲基礎成書者佔有相當大的比重，其中又尤以講釋朱説、略述心得，面向生徒而寫作者居多。西依墨山的《詩集傳講義》（别稱《詩經講義》）和《詩傳師説》、中村習齋的《詩集傳講誼》（寫本，别稱《詩集傳講義》）、金子霜山（濟民）的《詩集傳纂要》（别稱《詩傳纂要》）、三宅重固（尚齋）的《詩集傳師説》、若林强齋的《詩集傳師説》（寫本）、市野迷庵的《詩集傳筆録》（親筆草稿本）、笠原章的《詩集傳蒙鈔》（親筆本，别稱《詩集傳蒙鈔》）等等[一]，不勝枚舉。

籠統而言，江户學人對《詩集傳》的態度可以分爲三類。一類可以稱爲「師朱派」，即取《詩集傳》而棄《傳》、《箋》、《正義》。對於江户時代的學者來説，《傳》、《箋》不够清晰，而《注疏》又過於繁複，相比之下，《詩集傳》對《詩經》研究諸問題的闡述就清晰明快得多。林鵝峰撰《詩書序考》談到關於「六義」的各種説法，認爲「朱子有三經三緯之説以來，六義大分明，而先儒之説皆廢矣」。[二]

[一]〔日〕江口尚純著《江户時期〈詩經〉研究的動向之一：以大田錦城爲主》，附録《江户時期〈詩經〉關係書目》（第二次分類版），載《日本漢學研究初探：思想文化篇》，上海：華東師範大學出版社，二〇〇八年，四七——七三頁。

[二]〔日〕江口尚純著《林鵝峰の詩經關係著述考略》，《詩經研究》第三一號，二〇〇六年，一頁。

對待詩序的態度，往往將學者分爲兩類。尊序者，自然不會讚賞朱熹的廢序解詩，而推崇《詩集傳》者，多半首先看重他的這一點。無窮會專門圖書館神習文庫藏岡井赤城（？——一八〇三）所撰寫本《詩疑二二卷》對朱熹廢序而將《序》從詩中切割出來的功績讚賞有加：

> 凡釋詩，以朱氏爲良。蓋以其廢《序》而不取也。……唯其信序過詩，寧使《詩》不能爲《詩》，不欲使《序》不能爲序，於是矯辭奪意，委曲以求合於《序》。風人之旨遂微，悲哉！朱子生千歲之下，能斷然乎排之，而後詩得其爲詩，序不得復與詩並行，風人之旨得伸於千歲之上，其功偉矣。故余嘗於諸釋詩者，獨表朱氏以爲良者，爲是故也。〔一〕

江户初期的學者大都將《詩集傳》視爲《詩經》第一書，朱熹對《詩經》詩歌一般原理的論述幾成套語。中村蘭林（藤原明遠，一六九七——一七六一）《讀詩要領》大段引述朱子駁序之説，而後也説：

> 《詩序》之作，出於漢儒者，葉、鄭二氏始可辨之，而其害詩意之義，至朱子而論定，其功可謂大矣。若程伊川、若吕東萊，皆尊信其《序》，而不容疑於其間，恐智者之一失而已。若夫馬端臨者，以博究之才，猶左袒乎詩《序》，辨析亹亹，與朱子争矣，吾無取焉耳。〔二〕

第二類可謂「質朱派」，即在肯定朱氏廢序有功的同時，對其全面排斥小序的立場提出質疑。伊藤仁齋在《語孟字義》下不僅肯定了朱熹以後的學者「多言《小序》不可盡廢」，「其説皆有明據」，而且補充了自己的意見：「若廢

〔一〕〔日〕江口尚纯著《岡井赤城〈詩疑二二卷〉について》，《詩經研究》第二八號，二〇〇三年，二頁。

〔二〕〔日〕關儀一郎編《日本儒林叢書》第五卷，東京：鳳出版，一——四十頁。

《小序》而悉據經文，則事多有害於義者。」〔一〕

增島蘭園（一七六九——一八三九）曾撰《詩序質朱》，既對朱熹的卓識加以讚歎，而又批評朱熹所謂「鑿空妄語，以誑後人」的結論「非至公之論」，主張「序不可盡據，而舍序不可爲詩也」。爲了糾正朱熹的偏差，他要「取辯説之未安者，以質朱子於九原」。

再有一類可謂「棄朱派」，即將《詩集傳》視爲病入膏肓、不可救藥的病體，只有揭示它的病症，丢開了事。持這種態度的，以太宰春台（一六八〇——一七四七）爲最激烈。在舉世學人誦讀《詩集傳》之時，春台要獨樹一幟，不免用詞偏激。他專門撰寫《朱氏詩傳膏肓》一文，不僅直斥朱熹不知詩，而且對《詩集傳》的注釋方式也多有微詞。太宰春台格外不滿於注釋中夾入議論和評語，認爲「議論無關乎詩」，「注外議論，亦外傳體」，同時把詩之疊章者均視爲變文協韻，不贊成朱熹「泥其變文，以深其義」的做法〔二〕。

伊藤仁齋（一六二七——一七〇五）的「人情詩説」在很大程度上是宋明學者關於詩寫人情之説的日本化。仁齋所謂「人情盡乎詩……苟從人情則行，違人情則廢。苟不從人情，則猶使人當夏而裘，方冬而葛」，「詩以吟詠性情爲本，俗則能盡情。琢磨多甚，斲傷性情，真氣都剥落盡矣，所謂七日混沌死也」。〔三〕伊藤仁齋之子東涯所説「《詩》之作，皆直敘人情，凡悲歡憂樂，物情世態，皆於是乎寫焉」，正是明代許多《詩經》研究者常説的話。

江户學人對《詩集傳》的關注大大超出了《詩經》研究的範圍，朱熹關於勸善懲惡的議論，成爲論述詩歌産生和功用經常拋出的話題。堀景山（一六八八——一七五七）在《不盡言》中説：

> 大凡聖人之教，自然不出五倫之外。今日世界之人相交，無不在於五倫之中。所謂人情者，五倫之外無人

〔一〕〔日〕吉川幸次郎著、清水茂校注《伊藤仁齋　伊藤東涯》，東京：岩波書店，一九七一年，一五七頁。。
〔二〕〔日〕關儀一郎編《日本儒林叢書》第四卷，東京：鳳出版，一——四〇頁。
〔三〕〔日〕吉川幸次郎著、清水茂校注《伊藤仁齋　伊藤東涯》，東京：岩波書店，一九七一年，二七九頁。

情也。所謂詩之所出，乃就人之五倫、朝夕相交之事，人之七情發動，鬱積於心，不能自已，不覺間自然發而爲詞者也。朱子《詩經》序中所謂「發於咨嗟詠歎之餘」者，詩之本意也。今日所謂詩者，心中刻意編造者，罕有可謂真詩者。

這裏借用朱熹之言，反對虛情假意的詩風，但更主要的，則是借助對朱熹有關「思無邪」解釋和讀詩刻意感發善心、懲戒惡念的詩功效論的批評，來闡明自己關於執政者當以詩歌認知人情的看法。他説朱熹對「思無邪」的解釋不得要領，牽强附會〔一〕。堀景山着重談到他與宋儒在「人欲」看法上的分歧，强調「欲乃人情也。無欲則非人之謂也。若欲乃天性自然者，則爲人生而無欲者無一人也。無欲者木石之類也」。人之有欲雖非惡事，但是如果放縱而爲，違背義理，做下壞事，那就謂之私欲，成了惡了〔二〕。這樣的觀點，正與前面提到的明代學者薛瑄、羅欽順等人相近。

朱熹在《論語集注·子路篇》「子曰誦詩三百」章談到「物理」與「人情」的關係，説：「詩本人情，該物理，可以驗風俗之盛衰，見政治之得失」，而荻生徂徠在《論語徵》同一處卻談到：「朱子解詩以義理，故此曰本人情，言主人情而教義理，是其所以下『本』字也。其意謂非義理不可以爲教，故不能離義理而解詩矣。是不知詩者也。夫詩悉人情，豈有義理之可言乎？」〔三〕

對《詩集傳》開始持懷疑態度的人，也多從明人著述中吸取支撑力量。蘭澤南城（一七九二——一八六〇）所撰《三百篇原意》談到《詩集傳》的不足，就引用了楊升庵的一段話：「朱子嘗云：『平生傳注《大學》、《中庸》、《論語》，所得爲多。《易》與《詩》，所得僅如雞肋。』蓋不滿於《本義》、《集傳》也。今世乃規規然一不敢議，豈朱子所望於後賢之心乎？」〔四〕楊升庵用朱子本人的話來打破學人對《詩集傳》的迷信，這給蘭澤南城以進一步思考的勇氣。

〔一〕〔日〕植谷元、水田紀夫、日野龍夫著《仁齋日札　だはれ草　不尽言　无可有乡》，東京：岩波書店，二〇〇〇年，二〇二——二一二頁。
〔二〕〔日〕植谷元、水田紀夫、日野龍夫著《仁齋日札　だはれ草　不尽言　无可有乡》，東京：岩波書店，二〇〇〇年，二一二頁。
〔三〕〔日〕小川環樹譯注《論語徵》2，東京：平凡社，一九九四年，一五九——一六二頁。
〔四〕〔日〕内山知也著《蘭澤南城の詩經学》，《詩經研究》第八號，一九八三年，一——七頁。

伊藤東涯撰《讀詩要領》，對朱子的「勸善懲惡」之説，從考源的角度提出質疑，他説，《論語》、《孟子》均無勸懲之説，《禮記》等書亦無其説。因而「大抵三百篇，有領會其中性情者，而無以噁（恶）心道出惡語者」，[一]委婉地拒斥「淫詩」之説。

江户初期談論《詩集傳》幾乎是《詩經》論議者唯一的熱門話題，伊藤仁齋、荻生徂徠的古學派興起之前，《毛傳》、《鄭箋》、《孔疏》幾無人問津，直到徂徠弟子山井鼎和徂徠之弟物觀著《七經孟子考文》，《詩經》古寫本才重新引起學者注目。即使這樣，《詩集傳》仍是很多學者學習《詩經》最主要的教材。鈴木温校定的《再刻頭書詩經集注》的流行，爲我們展示了江户時代《詩經》研究主流的一面。

[一]〔日〕關儀一郎编《日本儒林叢書》第五卷，東京：鳳出版，一〇頁。

參考文獻

〔日〕市川本太郎著《日本儒教史（四）近世篇》，東京：汲古書院，一九九四年。
〔日〕村上雅孝著《松永昌易の〈首書五経集註〉における訓點について》，Artes Liberales，No. 28，1981，162—170.
〔日〕村上雅孝著《近世漢字文化と日本語》，おうふう社，二〇〇五年。
〔日〕佐藤进著《藤原惺窩の経解とその継承——「詩経」「言」「薄言」の訓読をめぐって》·《日本漢文学》五。
〔日〕廣德館校正《詩經》，廣德館，刊行年月不詳。
朱謙之著《日本哲學史》，北京：人民出版社，二〇〇二年。
朱謙之著《日本的朱子學》，北京：人民出版社，二〇〇〇年。
鄒其昌著《朱熹詩經詮釋學美學研究》，北京：商務印書館，二〇〇四年。
檀作文著《朱熹詩經學研究》，北京：學苑出版社，二〇〇三年。
郝桂敏著《宋代〈詩經〉文獻研究》，北京：中國社會科學出版社，二〇〇六年。
陳來著《宋明理學》，瀋陽：遼寧教育出版社，一九九一年。
〔日〕長澤規矩也編《和刻本經書集成》第五輯，東京：汲古書院，一九七七年。
〔日〕長澤規矩也編《和刻本經書集成》第一輯，東京：汲古書院，一九七六年。
〔日〕吉川幸次郎著、清水茂校注《伊藤仁齋　伊藤東涯》，東京：岩波書店，一九七一年。
〔日〕《和刻本毛詩鄭箋》，京都：中文出版社，一九八五年。
〔日〕中野三敏監修《江户の出版》，東京：ぺりかん社，二〇〇五年。
〔日〕富士昭雄編《江户文学と出版メディア》，京都：笠間书院，二〇〇一年。

朱謙之著《日本的古學及陽明學》，北京：人民出版社，二〇〇〇年。
〔元〕許謙撰《詩集傳音釋》，清光緒十五年户部江南書局刊印。
〔明〕徐𤊹撰《筆精》，福州：福建人民出版社，一九七〇年。
〔明〕薛瑄著《薛文清公讀書録》，北京：商務印書館，叢書集成初編本，一九九一年。
〔日〕植谷元、水田紀夫、日野龍夫著《仁齋日札　だはれ草　不盡言　無可有鄉》，東京：岩波書店，二〇〇〇年。
〔日〕關儀一郎編《日本儒林叢書》續續編解説部，第十一卷第六編。
〔日〕後藤俊瑞著《詩集傳事類索引》，武庫川女子大學中國文學研究室，一九六〇年。
〔日〕中村惕齋撰、增田謙之益夫校《筆記詩集傳》，延生軒藏板，明和元年刻。
〔日〕吹野安、石本道明著《朱熹詩集傳全注釋》，東京：明德出版社，一九九八年。

再刻
頭書

詩經集註

一

元治再刻　全八冊

頭書

詩經集註

大坂書林　積玉圃　宋榮堂　合梓

○詩經　△初學記云詩者衆一商序曰志之所之也昔孔子刪詩上取
商下取魯凡三百十一篇至秦滅學亡六篇今在者三百五篇初孔子以
詩授卜商商爲之序以授魯人曾申曾申授魏人李克李克授魯人孟仲
子仲子授根牟子牟子授趙人荀卿荀卿授漢人魯國毛亨亨作詁訓傳以
授趙國毛萇時人謂亨爲大毛公萇爲小毛公以二公所傳故名其詩曰
毛詩

＼經籍志云詩三百十一篇亡其辭者六攷之儀禮皆笙詩也笙詩有譜
以記音節而無其辭非軼之也竊嘗論他經可以詁解而詩當以聲論後
世不得其聲而獨辭之知韓毛諸家於鳥獸蟲魚之細竭力以爭而問其
音節不能解也古者審聲以知治作樂以成教者其亦幾於絶矣夫以聲
感者於性近而以義求者離性遠學詩而不知此也與耳食何異

△讀書録云詩一經性情二字括盡

△衍義云按詩之爲經有六義有四始六義者風雅頌爲三經賦比興爲
三緯是也四始者關雎爲國風之始鹿鳴爲小雅之始文王爲大雅之始
清廟爲三頌之始是也

○此序六段
○困知記云樂記人生而靜天之性也感於物而動性之欲也一段義理精粹要非聖人不能言陸象山乃從而疑之過矣彼蓋專以欲爲惡也夫人之有欲固出於天蓋有必然而不容已且有當然而不可易者於其所不容已者而皆命乎當然之則夫安往而非善乎
○大全朱子曰其未感也純粹至善萬理具焉所謂性也感於物而動則性之欲出焉而善惡於是乎分矣性之欲即所謂情也
○困知記云詩三百十一篇人情世態無不曲盡燕居無事時取而諷詠之歷歷皆目前事也其可感者

詩經集傳序

（溫按一本無經集二字下同）

或有問於予曰詩何爲而作也予應之曰人生而靜天之性也感於物而動性之欲也夫既有欲矣則不能無思既有思矣則不能無言既有言矣則言之所不能盡而發於咨嗟咏歎之餘者必有自然之音響節族（音奏）而不能已焉此詩之所以作也曰然則其所以教者何也曰詩者人心之感物而形於言之餘

也心之所感有邪正故言之所形有是非惟聖人在上則其所感者無不正而其言皆足以爲教其或感之之雜而所發不能無可擇者則上之人必思所以自反而因有以勸懲之是亦所以爲教也昔周盛時上自郊廟朝廷而下達於鄉黨閭巷其言粹然無不出於正者聖人固已協之聲律而用之鄉人用之邦國以化天下至於列國之詩則天子巡守

○周禮大司徒職云五家爲比五比爲閭四閭爲族五族爲黨五黨爲州五州爲鄉故萬二千五百家爲鄉五百家爲黨

○大全安成劉氏曰此言先王以詩爲教於郊廟朝野之正詩如周頌二雅二南之類則播之音律於列國之詩則采而觀其善惡而於諸侯又有黜陟之政也聖人蓋指周公天子指武成康也

○史記孔子世家云古者詩三千餘篇及至孔子去其重取可施於禮義上采契后稷中述殷周之盛至幽厲之缺始於衽席故曰關雎之亂以爲風始鹿鳴爲小雅始文王爲大雅始清廟爲頌始三百五篇云云

○昭王周第四代君康王子治五十一年

○穆王周第五代君昭王子治五十五年

史記

○至幽王嬖褒姒生伯服廢申后及太子宜臼宜臼奔申申侯怒與犬戎攻宗周弑幽王于戲晉文侯鄭武公迎宜臼于申而立之是爲平王徙居東都王城是謂東遷

亦必陳而觀之以行黜陟之典降自昭穆而後寖以陵夷至於東遷而遂廢不講矣孔子生於其時既不得位無以行勸懲黜陟之政於是特舉其籍而討論之去其重復正其紛亂而其善之不足以爲法惡之不足以爲戒者則亦刊而去之以從簡約示久遠使夫學者卽是而有以考其得失善者師之而惡者改焉是以其政雖不足以行於一時而其教

○前漢書食貨志上云男女有不得其所者因相與歌詠各言其傷註師古曰怨刺之詩也

實被於萬世是則詩之所以爲教者然也曰然則國風雅頌之體其不同若是何也曰吾聞之凡詩之所謂風者多出於里巷歌謠之作所謂男女相與詠歌各言其情者也惟周南召南親被文王之化以成德而人皆有以得其性情之正故其發於言者樂而不過於淫哀而不及於傷是以二篇獨爲風詩之正經自邶而下則其國之治亂不同人之賢否

○大全安成劉氏曰此言國風之体而有正變也蓋二南之詩皆得性情之正其餘自邶至豳十三國之詩雖亦有得性情之正者而君臣民庶之閒不能如二南風俗之純故雖邶風亦不得爲正也

○大全安成劉氏曰此言二雅正變及周頌等之体不兼言商魯頌者其体異同可類推也夫正雅周頌諸篇如常棣文王清廟時邁等詩皆周公作公劉泂酌卷阿皆召公作則所謂聖人之徒者也至其變雅之作則有家父及宣王之傳及蘇公衛武公召穆公凡伯芮伯之輩又皆所謂賢人君子者也

○孟子滕文公下云能言距楊墨者聖人之徒也

○孟子離婁上云陳善閉邪謂之敬

亦異其所感而發者有邪正是非之不齊而所謂先王之風者於此焉變矣若夫雅頌之篇則皆成周之世朝廷郊廟樂歌之詞其語和而莊其義寬而密其作者往往聖人之徒固所以為萬世法程而不可易者也至於雅之變者亦皆一時賢人君子閔時病俗之所為而聖人取之其忠厚惻怛之心陳善閉邪之意尤非後世能言之士所能及之此詩之

○讀書録云關雎之類言夫婦鹿鳴之類言君臣唐棣之類言兄弟蓼莪之類言父子黄鳥之類言朋友此詩于人倫之道無不備也

○易上繫辭云言行君子之樞機樞機之發榮辱之主也言行君子之所以動天地也可不愼乎

○大全安成劉氏曰此段言學者格物致知之功知之事與學詩者誠意正心修身齊治平之道行之事也

爲經所以人事浹於下天道備於上而無一理之不具也曰然則其學之也當奈何曰本之二南以求其端參之列國以盡其變正之於雅以大其規和之於頌以要其止此學詩之大旨也於是乎章句以綱之訓詁以紀之諷詠以昌之涵濡以體之察之情性隱微之間審之言行樞機之始則脩身及家平均天下之道其亦不待他求而得之於此矣問者

○朱子年譜云詩自毛鄭以來皆以小序為主其與經文外戾則穿鑿為說以通之朱子獨以經文為主而訂其序之是非復為一編附寘經後以還其舊

唯唯而退余時方輯詩傳因悉次是語以冠其篇云

淳熙四年丁酉冬十月戊子新安朱熹書

○淳熙宋孝宗年號

○宋史道學傳云朱熹字元晦一字仲晦徽州婺源人父松字喬年熹幼穎悟甫能言父指天示之曰天也熹問曰天之上何物松異之就傅授以孝經一閱題其上曰不若是非人也嘗從群兒戲沙上獨端坐

以指畫派視之不斷也云云

詩經篇目

第一卷

國風

周南

召南

第二卷

邶

柏舟　綠衣　燕燕
日月　終風　擊鼓
凱風　雄雉　匏有苦葉
谷風　式微　旄丘　簡兮
泉水　北門　北風　靜女
新臺　二子乘舟

鄘

柏舟　牆有茨
君子偕老　桑中
鶉之奔奔　定之方中
蝃蝀　相鼠　干旄　載馳

衛

淇奧　考槃　碩人
氓　竹竿　芄蘭
河廣　伯兮
有狐　木瓜

第三卷

第四卷

都人士之什　都人士　采綠　黍苗　隰桑　白華　緜蠻　瓠葉　漸漸之石　苕之華　何草不黄

第六卷

大雅

文王之什　文王　大明　緜　棫樸　旱麓　思齊　皇矣　靈臺　下武　文王有聲

生民之什　生民　行葦　既醉　鳧鷖　假樂　公劉

第七卷

第八卷

頌

周頌臣工之什 臣工 噫嘻 振鷺 豐年

有瞽 潛 雝 載見 有客 武

周頌閔予小子之什 閔予小子 訪落

敬之 小毖 載芟 良耜 絲衣 酌 桓 賚

般

魯頌 駉 有駜 泮水 閟宮

商頌 那 烈祖 玄鳥 長發 殷武

詩經篇目畢

○古今大全明王俞州曰南言向化自北而南也周南者周之南也召南者召之南也周召皆岐周故地文王既徙於豐乃分岐周爲周公旦召公奭采邑二詩是美文王后妃之化而係之周南召南者見其化始於岐周而及於南方諸侯之國也故曰文王之地止於百里文王之德達於天下也舊說以周南係之周公召南係之召公似無謂也

○衍義安成劉氏曰集傳於國風之下係以一者以國風居四詩之首也下文周南一之一者周南又居國風中十五國之首也後倣此

○按周南言文王之德而係之周公者以周公主內治故也召南亦言諸侯之國被文王之化以成德而係之召公者以召公

詩經卷之一

朱熹集傳

國風一

國者諸侯所封之域而風者民俗歌謠之詩也謂之風者以其被上之化以有言而其言又足以感人如物因風之動以有聲而其聲又足以動物也是以諸侯采之以貢於天子天子受之而列於樂官於以考其俗尚之美惡而知其政治之得失焉舊說二南爲正風所以用之閨門鄉黨邦國而化天下也十三國爲變風則亦領在樂官以時存肄備觀省而垂監戒耳合之凡十五國云

周南一之一

周國名南南方諸侯之國也周國本在禹貢雍州境內岐山之陽后稷十三世孫古公亶父始居其地傳子王季歷至孫文王昌辟

宣布於諸侯故也

○北史列傳六十九李業興傳云梁武問業興詩周南王者之風繫之周公召南仁賢之風繫之召公何名爲繫業興對曰鄭註儀禮云昔大王王季居于岐陽躬行召南之教以興王業及文王行今周南之教以受命作邑於酆文王爲諸侯之地所化之國今既登九五之尊不可復守諸侯之地故分封二公名爲繫

○容齋隨筆云周公召公之公字可爲謚字

國寖廣於是徙都于豐而分岐周故地以爲周公旦召公奭之采邑且使周公爲政於國中而召公宣布於諸侯於是德化大成於內而南方諸侯之國江沱汝漢之間莫不從化蓋三分天下而有其二焉至子武王發又遷于鎬遂克商而有天下武王崩子成王誦立周公相之制作禮樂乃采文王之世風化所及民俗之詩被之筦弦以爲房中之樂而又推之以及於鄉黨邦國所以著明先王風俗之盛而使天下後世之修身齊家治國平天下者皆得以取法焉蓋其得之國中者雜以南國之詩而謂之周南言自天子之國而被於諸侯不但國中而已也其得之南國者則直謂之召南言自方伯之國被於南方而不敢以

○困學紀聞云近世說詩者以關雎爲畢公作謂得之張超或謂得之蔡邕未詳所出

○列女傳魏曲沃婦傳云夫雎鳩之鳥猶未嘗見乘居而匹處也

○徐氏筆精第二云陳貞鈙語下云朱註引列女傳關雎未嘗見其乘居而匹處者悞也淮南子關雎興於鳥君子美之爲其雌雄不乖居也乘居宜作乖居於義尤得

○衍義云乘居四個同居匹處一處兩個獨處也

繫于天子也岐周在今鳳翔府岐山縣豐在今京兆府鄠縣終南山北南方之國即今興元府京西湖北等路諸州鎬在豐東二十五里小序曰關雎麟趾之化王者之風故繫之周公南言化自北而南也鵲巢騶虞之德諸侯之風也先王之所以教故繫之召公斯言得之矣

○關關雎音疽鳩在河之洲窈音杳窕徒了反淑女君子好逑音求○興也關關雌雄相應之和聲也雎鳩水鳥一名王雎狀類鳧鷖今江淮間有之生有定偶而不相亂偶常並遊而不相狎故毛傳以爲摯而有別列女傳以爲人未嘗見其乘居而匹處者蓋其性然也河北方流水之通名洲水中可居之地

○衍義云文王之妃太姒有莘國之女按莘城在汴州陳留縣

○註於其始至字勿拘之同牢合巹之夕凡三月之內廟見之前亦始至也

○前漢書列傳五十一匡衡字稚圭東海承人父世農夫至衡好學家貧庸作以供資用尤精力過絕人諸儒爲之語曰無說詩匡鼎來匡語詩解人頤射策甲科元帝時爲丞相云云

也窈窕幽閒之意淑善也女者未嫁之稱蓋指文王之妃大姒爲處子時而言也君子則指文王也好亦善也逑匹也毛傳之摯字與至通言其情意深至也○興者先言他物以引起所詠之詞也周之文王生有聖德又得聖女姒氏以爲之配宮中之人於其始至見其有幽閒貞靜之德故作是詩言彼關關然之雎鳩則相與和鳴於河洲之上矣此窈窕之淑女則豈非君子之善匹乎言其相與和樂而恭敬亦若雎鳩之情摯而有別也後凡言興者其文意皆放此云漢匡衡曰窈窕淑女君子好逑言能致其貞淑不貳其操情欲之感無介乎容儀宴私之意不形乎動靜夫然後可以配至尊而爲宗廟主此綱紀之首王化之端也可謂善說詩矣

○大全南軒張氏曰荇菜取其柔順芳絜可薦之意
○雙峰饒氏曰或左或右無一定之方也

○參初金反差初宜反荇音杏菜左右流之窈窕淑女寤寐求之求之不得寤寐思服叶蒲北反悠哉悠哉輾音展轉反側

興也參差長短不齊之貌荇接余也根生水底莖如釵股上青下白葉紫赤圓徑寸餘浮在水面或左或右言無方也流順水之流而取之也或寤或寐言無時也服猶懷也悠長也輾者轉之半轉者輾之周反者輾之過側者轉之留皆臥不安席之意○此章本其未得而言彼參差之荇菜則當左右無方以流之矣此窈窕之淑女則當寤寐不忘以求之矣蓋此人此德世不常有求之不得則無以配君子而成其內治之美故其憂思之深不能自已至於如此也

○衍義荊川云琴瑟常用之樂則列于堂上不常用者故曰樂之大意只重在友樂上不重樂之大小也

○參差荇菜左右采叶此禮反之窈窕淑女琴瑟友叶羽已反之參差荇菜左右芼音帽叶音邈之窈窕淑女鐘鼓樂音洛之

興也采取而擇之也芼熟而薦之也琴五弦或七弦瑟二十五弦皆絲屬樂之小者也友者親愛之意也鐘金屬鼓革屬樂之大者也樂則和平之極也○此章据今始得而言彼參差之荇菜既得之則當采擇而亨芼之矣此窈窕之淑女既得之則當親愛而娛樂之矣蓋此人此德世不常有幸而得之則有以配君子而成內治故其喜樂尊奉之意不能自已又如此云

關雎三章一章四句二章章八句孔子曰關

○詩經刪補云首章言太姒之令德宜配君子次章未得之憂末章既得之實皆本窈窕之德而言也此見宮人好德之心得性情之正而文王脩身齊家之化於此基矣

○前漢書九十七外戚傳云自古受命帝王非獨德茂亦有外戚之助焉夏之興也以塗山而桀之放也用妹喜殷之興也以有娀而紂之滅也嬖妲己周之興也以大任大姒而幽王之廢也淫褒姒故易基乾坤詩首關雎書美釐降夫婦之際人道之大倫也可不慎歟

雎樂而不淫哀而不傷愚謂此言爲此詩者得其性情之正聲氣之和也蓋德如雎鳩摯而有別則后妃性情之正固可以見其一端矣至於寤寐反側琴瑟鐘鼓極其哀樂而皆不過其則焉則詩人性情之正又可以見其全體也獨其聲氣之和有不可得而聞者雖若可恨然學者姑卽其詞而玩其理以養心焉則亦可以得學詩之本矣○匡衡曰妃匹之際生民之始萬福之原婚姻之禮正然後品物遂而天命全孔子論詩以關雎爲始言大上者民之父母后夫人之行不侔乎天地則無以奉神靈之統而理萬物之宜自上世以來三代興廢未有不由此者也

○大全孔氏曰中谷倒言者古人語皆然

○揚升菴集五十六李仲蒙曰叙物以言情謂之賦情物盡也索物以托情謂之比情附物也觸物以起情謂之興物動情也

○行義節方山曰爲絺爲綌爲字有區別條治意

○葛之覃兮施音異于中谷維葉萋萋黃鳥于飛集于灌木其鳴喈喈叶居奚反 ○賦也葛草名蔓生可爲絺綌者覃延施移也中谷谷中也萋萋盛貌黃鳥鸝也灌木叢木也喈喈和聲之遠聞也 ○賦者敷陳其事而直言之者也蓋后妃旣成絺綌而賦其事追叙初夏之時葛葉方盛而有黃鳥鳴於其上也 後凡言賦者放此

○葛之覃兮施于中谷維葉莫莫是刈音乂是濩音鑊爲絺音癡爲綌音隙叶去略反服之無斁音亦叶弋灼反

○賦也莫莫茂密貌刈斬濩煑也精曰絺麤曰綌斁厭也 ○此言盛夏之時葛旣成矣於

○音釋云毛傳女師教以婦德婦言婦功疏姆婦人五十無子出而不復嫁能以婦道教人者女出嫁姆隨之

○刪補云此后妃自敘其絺綌始終之事而及歸寧之情其勤儉孝敬之風俱可見

是治以爲布而服之無厭蓋親執其勞而知其成之不易所以心誠愛之雖極垢弊而不忍厭棄也

○言告師氏言告言歸薄汚我私薄澣音緩我衣害（音曷）澣害否（如字）歸寧父母賦也言辭也師女師也薄猶少也汚煩撋之以去其汚猶治亂而曰亂也澣則濯之而已私燕服也衣禮服也害何也寧安也謂問安也○上章既成絺綌之服矣此章遂告其師氏使告于君子以將歸寧之意且曰盍治其私服之汚而澣其禮服之衣乎何者當澣而何者可以未澣乎我將服之以歸寧於父母矣

葛覃三章章六句此詩后妃所自作故無贊美之詞然於此

矣

○衍義云方山曰要看詩柄思念二字非惟采物登高是託言並飲酒亦是託言重在思念君子上

可以見其已貴而能勤已富而能儉已長而敬不弛於師傅已嫁而孝不衰於父母是皆德之厚而人所難也

小序以爲后妃之本庶幾近之

○采采卷上聲耳不盈頃音傾筐嗟我懷人寘彼周行叶戶郎反○賦也。采采非一采也。卷耳枲耳，葉如鼠耳，叢生如盤。頃，欹也。筐，竹器。懷，思也。人，蓋謂文王也。寘，舍也。周行，大道也。○后妃以君子不在而思念之，故賦此詩，託言方采卷耳，未滿頃筐，而心適念其君子，故不能復采，而寘之大道之旁也。

○陟彼崔音摧嵬音巍我馬虺音灰隤音頹我姑酌彼金罍維以不永懷叶胡隈反○賦也。陟，升也。崔嵬，土山之戴石者。虺隤。

○琅邪代醉十一云陟彼崔嵬下三章以爲托言亦有病婦人思夫而欲陟岡飲酒携僕望砠雖曰言之亦傷于大義矣原詩人之旨以后妃思文王之行役而云也陟岡者文王陟之也馬玄黃者文王之馬也僕痡者文王之僕也金罍兕觥者冀文王酌以消憂也蓋

身在閨門而思在道途，若後世詩詞所謂計程應説到涼州、計程應説到常山之意耳。
○朱子語録云：此詩后三章之意，欲登高以望遠而往從之，則僕馬皆病而不能往，故欲酌酒以自解其哀傷。此以飲酒解憂係于僕馬之下，甚有意思可玩。

馬罷不能升高之病。姑，且也。罍，酒器，刻爲雲雷之象，以黄金飾之。永，長也。○此又託言欲登此崔嵬之山，以望所懷之人而往從之，則馬罷病而不能進，於是且酌金罍之酒，而欲其不至於長以爲念也。

○音釋云：崔嵬，土山戴石；砠，石山戴土。此從毛氏。爾雅：石戴土謂之崔嵬，土戴石爲砠。二説正相反。愚恐從爾雅爲是，蓋崔嵬字上從山，砠字傍從石，有在上在外之意。

○陟彼高岡，我馬玄黄。我姑酌彼兕音似觥音肱，維以不永傷。叶古黄反。賦也。山脊曰岡。玄黄，玄馬而黄，病極而變色也。兕，野牛，一角，青色，重千斤。觥，爵也，以兕角爲爵也。

○陟彼砠音疽矣，我馬瘏音塗矣，我僕痡音敷矣，云何吁矣。賦也。石山戴土曰砠。瘏，馬病不能進也。痡，人病不能行也。吁，憂歎也。爾雅

○刪補云首章言其動念之愍下三章屢欲遂其情而未得皆託言以見意之辭而后妃貞靜專一之心亦可見矣

○衍義云各章興意謂木惟下曲故葛藟附之后妃能逮下故福履綏之

○同云三章一意無淺深總是興其德之盛而願此福之隆也○稱願二字稱者稱其德也願者願其福也

註引此作邸張百遠望也詳見何人斯篇

卷耳四章章四句　此亦后妃所自作可以見其貞靜專一之至矣豈當文王朝會征伐之時羑里拘幽之日而作歟然不可考矣

○南有樛音鳩木葛藟音壘纍音雷之樂音洛只音紙君子福履綏之　興也南南山也木下曲曰樛藟葛類纍猶繫也只助語辭君子自衆妾而指后妃猶言小君內子也履祿綏安也○后妃能逮下而無嫉妬之心故衆妾樂其德而稱願之曰南有樛木則葛藟纍之矣樂只君子則福履綏之矣

○南有樛木葛藟荒之樂只君子福履將之

○刪補云此衆妾屬稱后妃以德致福則后妃之所感亦深矣

○衍義云此詩三章一意無淺深都就螽斯上看重一和字詵詵固是和薨薨是和聞于聲揖揖是和見于形也

興也。荒，奄也。將，猶扶助也。

○南有樛木，葛藟縈烏營反之。樂只君子，福履成之。

興也。縈，旋。成，就也。

樛木三章，章四句

○螽音終斯羽，詵詵音莘兮。宜爾子孫，振振音真兮。

比也。螽斯，蝗屬，長而青，長角長股，能以股相切作聲，一生九十九子。詵詵，和集貌。爾，指螽斯也。振振，盛貌。○比者，以彼物比此物也。后妃不妬忌，而子孫衆多，故衆妾以螽斯之羣處和集，而子孫衆多，比之，言其有是德，而宜有是福也。後凡言比者放此。

○刪補云此以和德而昌後此固后妃之所宜而衆妾屬喻而稱之則得于所感亦深矣

○衍義云三章只一時之言無淺深總是興一女子有行而知其必能執婦道也

○螽斯羽薨薨兮宜爾子孫繩繩兮比也薨薨羣飛聲。繩繩不絕貌。

○螽斯羽揖揖音緝兮宜爾子孫蟄蟄兮比也。揖揖會聚也。蟄蟄亦多意。

螽斯三章章四句

○桃之夭夭音腰灼灼其華音花之子于歸宜其室家。興也。桃木名。華紅實可食。夭夭少好之貌。灼灼華之盛也。木少則華盛。之子是子也。此指嫁者而言也。婦人謂嫁曰歸。周禮仲春令會男女。然則桃之有華。正婚姻之時

○同云此以木少嫩則花盛興汝美則家和也桃之為木少花盛多年則老老則花減故以木少花盛為言夭夭以桃言灼灼以花言此時花未有實葉未必蓁特因花而一時推言如此○朱子曰宅家家室家人變文以叶韻

○周禮地官媒氏仲春之月令會男女若無故而不用令者罰之註仲春陰陽交以成婚禮順天時故謂喪禍之變有喪禍者娶得用非仲春之月疏喪禍之故月數滿雖非仲春可以嫁娶

○刪補云屬興女子之賢而上其婦道之盡文王之化見矣

也。宜者。和順之意。室謂夫婦所居。家謂一門之內。○文王之化。自家而國。男女以正。婚姻以時。故詩人因所見以起興而歎其女子之賢。知其必有以宜其室家也。

○桃之夭夭。有蕡音文其實。之子于歸。宜其家室。興也。蕡。實之盛也。家室。猶室家也。

○桃之夭夭。其葉蓁蓁音臻。之子于歸。宜其家人。興也。蓁蓁。葉之盛也。家人。一家之人也。

桃夭三章章四句

○肅肅兔罝音嗟又子余反與夫叶。椓之丁丁音爭。赳赳

○音釋云椓擊也杙橛也椓杙謂擊橛於地而張罝其上也

○衍義云此章之興蓋借其所爲爲起語而用肅肅起赳赳相呼應耳赳赳是無文藻就待兔言干城卽是不兼內外言之

武夫公侯干城 興也。肅肅整飭貌。罝，罟也。丁丁，椓杙聲也。赳赳，武貌。干，扞也。干城，皆所以扞外而衛內者。○化行俗美，賢才衆多。雖罝兔之野人，而其才之可用猶如此。故詩人因其所事以起興而美之。而文王德化之盛，因可見矣。

○肅肅兔罝施于中逵赳赳武夫公侯好仇 興也。逵，九達之道。仇，與逑同。匡衡引關雎亦作仇字。公侯善匹，猶曰聖人之耦，則非特干城而已。歎美之無已也。下章放此。

○肅肅兔罝施于中林赳赳武夫公侯腹心 興也。中林，林中。腹心，同心同德之謂，則又非特好仇而已也。

○同云此詩一節深一節要皆卽其事以興其才之備意曰干城好逑腹心皆就才言賢才衆多于詩柄猶字雖字上見才與才難字同是舉其全者言之

○書太誓中云予有亂臣十人同心同德云云

○刪補云首章美其才堪御侮二章見其本末乃末章見其才不淺此野人之賢皆文王作人化也

○行義徵發曰讀芣苢之詩可以見和平之情讀中谷有蓷之詩可以得仳離之苦而世之興衰亦係之

○采芣苢未詳何用若說用處亦自著象

○刪補云此婦人于采物之時而詠其始終以寄相樂之情此可以驗文王咸和之

兔罝三章章四句

○采采芣音浮苢音以，薄言采叶此禮反之。采采芣苢，薄言有叶羽已反之。賦也。芣苢，車前也。大葉長穗，好生道旁。采，始求之也。有，既得之也。○化行俗美，家室和平，婦人無事，相與采此芣苢，而賦其事以相樂也。采之未詳何用，或曰其子治産難。

○采采芣苢，薄言掇都奪反之。采采芣苢，薄言捋力活反之。賦也。掇，拾也。捋，取其子也。

○采采芣苢，薄言袺音結之。采采芣苢，薄言襭

○衍義云此詩三章一意只是反覆詠嘆其不可求意上四句興皆興其不可求也比者比其不可求也既興而又比是反覆咏嘆之也

○太堤曲宋隋王誕爲襄州時作古詞云朝發襄陽城暮至大堤宿大堤諸女兒花艷驚郎目

○衍義朱氏目録一漢廣以見天下之家正也天下之家正而天下治矣

音之賦也。袺以衣貯之，而執其衽也。襭絜之以衣貯之，而扱其衽於帶間也

芣苢三章章四句

南有喬木，不可休息。漢有游女，不可求思。漢之廣叶古曠反矣，不可泳叶于誑反思。江之永叶弋亮反矣，不可方叶甫妄反思。興而比也。上竦無枝曰喬。思語辭也。篇內同。漢水出興元府嶓冢山，至漢陽軍大别山入江。江漢之俗其女好遊，漢魏以後猶然，如大堤之曲可見也。泳，潛行也。江水出永康軍岷山，東流與漢水合，東北入海。永，長也。方，桴也。○文王之化自近而遠，先及於江漢之間，而有以變其淫亂之俗，故其出游之女，人望見之，而知其端

○音釋云蔞蔞蒿葉似艾青白色長數寸高丈餘按長數寸言其葉高丈餘言其莖惟其高丈餘故可刈以爲薪傳恐脫高丈餘三字則於錯薪之義有礙

○劉瑾云此屢致嘆于游女之貞亦以昭文王之化也

莊靜一。非復前日之可求矣因以喬木起興。江漢爲比。而反復詠歎之也。

○翹翹音喬錯薪言刈其楚之子于歸言秣其馬叶滿補反漢之廣矣不可泳思江之永矣不可方思。興而比也。翹翹秀起之貌。錯雜也。楚木名。刈割。之子指游女也。秣飼也。○以錯薪起興。而欲秣其馬則悅之至。以江漢爲比而歎其終不可求則敬之深

○翹翹錯薪言刈其蔞音閭之子于歸言秣其駒漢之廣矣不可泳思江之永矣。不可方思

興而比也。蔞蔞蒿也。葉似艾青白色長數寸生水澤中。駒馬之小者

詩經卷一 十

○衍義羅氏曰惄本
訓思但飢之思食意切
故傳言飢意而非飢
狀

漢廣三章章八句
遵彼汝墳伐其條枚音梅未見君子惄音溺如調
音几賦也遵循也汝水出汝州天息山徑蔡
周飢潁州入淮墳大防也枝曰條榦曰枚惄
飢意也調一作輖重也○汝旁之國亦先被
文王之化者故婦人喜其君子行役而歸因
記其未歸之時思望之
情如此而追賦之也
○遵彼汝墳伐其條肄音異既見君子不我遐
棄賦也斬而復生曰肄遐遠也○伐其枚而
又伐其肄則踰年矣至是乃見其君子之
歸而喜其不
遠棄我也

○衍義王氏曰前一章爲夫婦之仁后一章爲于君臣之義

○續博物志云魚勞則尾赤人勞則髮白

○衍義沈道岡曰看父母孔邇民情便見文王興王氣象

○刪補云首追言未歸之憂次自敘既歸之喜末則慰以感恩而忘勞之義此見婦人之賢而亦文王之化所感也

○魴音房魚赬音貞尾王室如燬音毀下同雖則如燬。父母孔邇○比也魴魚名身廣而薄少力細鱗。赬赤也魚勞則尾赤魴尾本白而今赤則勞甚矣王室指紂所都也燬焚也父母指文王也孔甚邇近也○是時文王三分天下有其二而率商之叛國以事紂故汝墳之人猶以文王之命供紂之役其家人見其勤苦而勞之曰汝之勞既如此而王室之政方酷烈而未已雖其酷烈而未已然文王之德如父母然望之甚近亦可以忘其勞矣此序所謂婦人能閔其君子猶勉之以正者蓋曰雖其別離之久思念之深而其所以相告語者猶有尊君親上之意而無情愛狎昵之私則其德澤之深風化之美皆可見矣一說父母甚近不可以懈於王事而貽其憂亦通

○衍義云此詩首言公子繼言公姓終言公族以親疏爲次序也文王子孫皆相繼爲王而宗族不過輔佐王室耳

○詩緝曰有角者當觸有足者宜踐有額者宜抵惟麟不然

汝墳三章章四句

麟之趾。振振音眞公子川奬里反于音吁嗟麟兮。興也。麟。麕身牛尾馬蹄。毛蟲之長也。趾。足也。麟之足不踐生草。不履生蟲。振振。仁厚貌。于嗟。歎辭。○文王后妃德脩于身。而子孫宗族皆化於善。故詩人以麟之趾。興公之子。言麟性仁厚。故其趾亦仁厚。文王后妃仁厚。故其子亦仁厚。然言之不足。故又嗟歎之。言是乃麟也。何必麕身牛尾而馬蹄。然後爲王者之瑞哉。

○麟之定。音訂振振公姓。于嗟麟兮。興也。定。額也。麟之額未聞。或曰。有額而不以抵也。公姓。公孫也。姓之爲言生也。

○漢書終軍傳曰麟角戴肉設武備而亦爲仁

○刪補云屢與聖裔之善而嘆其爲王者之瑞此見文王之化成于家而周之所以王也

○疏云諸侯五廟太祖以外高曾祖禰而已高祖以上毀廟而祧公即宗子而爲君公者也支庶之後與之同高祖則當未祖服未盡故爲公族

○衍義劉安仁曰公同高祖與文王同高祖也蓋畢閩之玄孫文王之三從兄弟也

○同云序以爲關雎之應者蓋必有文王后妃之德然後有子孫宗族之賢故也

○麟之角。盧谷反振振公族。于嗟麟兮。興也。麟一角角端有肉。公族公同高祖祖廟未毀有服之親。

麟之趾三章章三句序以爲關雎之應得之。

周南之國十一篇三十四章百五十九句。按此篇首五詩皆言后妃之德關雎舉其全體而言也葛覃卷耳言其志行之在己樛木螽斯美其德惠之及人皆指其一事而言也其詞雖主於后妃然其實則皆所以著明文王身脩家齊之效也至於桃夭兔罝芣苢則家齊而國治之效漢廣汝墳則以南國之詩附焉而見天下

○易坤卦文言云陰雖有美含之以從王事弗敢成也地道也妻道也臣道也地道無成而代有終也

已有可平之漸矣若麟之趾則又王者之瑞有非人力所致而自至者故復以是終焉而序者以爲關雎之應也夫其所以至此后妃之德固不爲無所助矣然妻道無成則亦豈得而專之哉今言詩者或乃專美后妃而不本於文王其亦誤矣

召南一之二召地名召公奭之采邑也舊說扶風雍縣南有召亭即其地今雍縣析爲岐山天興二縣未知召亭的在何縣餘已見周南篇

維鵲有巢維鳩居叶姬御反之之子于歸百兩如字又音亮御音迓叶魚據反之興也鵲鳩皆鳥名鵲善爲巢其巢最爲完固鳩性拙

○衍義按燕世家曰與周同姓又皇甫謐云文王庶子勝殷后封于北燕留周佐政食邑于召輔成王康王卒諡曰康長子繼燕

○同云此詩女德無可見只于鳩性拙處見之知鳩之性拙則知女子有專靜純一之德矣

△按諸侯娶一國則二國媵之一娶凡得九女所以廣繼嗣也禮一媵次于夫人而貴于諸妾者姪是妻之兄女娣是妻之妹從妻來爲妾者也

〇删補云總興其以令德而宜其令儀此女子之賢亦文王之化也

〇衍義云三章平看首是往迎之禮次是來嫁之禮末是成婚姻之禮此章重來嫁上觀三章皆曰之子便可見矣

不能爲巢或有居鵲之成巢者之子指夫人也兩一車也一車兩輪故謂之兩御迎也諸侯之子嫁於諸侯送御皆百兩也〇南國諸侯被文王之化能正心脩身以齊其家其女子亦被后妃之化而有專靜純一之德故嫁於諸侯而其家人美之曰維鵲有巢則鳩來居之是以之子于歸而百兩迎之也此詩之意猶周南之有關雎也

〇維鵲有巢維鳩方之之子于歸百兩將之

興也方有之也將送也

〇維鵲有巢維鳩盈之之子于歸百兩成之

興也盈滿也謂衆媵姪娣之多成成其禮也

○禮記祭義云天子諸侯必有公桑蠶室

○音釋云陶音遥陶陶遂遂相隨行之貌思念既深如覩親將復入也

鵲巢三章章四句

于以采蘩于沼于沚于以用之公侯之事。叶上止反○賦也。于於也。蘩白蒿也。沼池也。沚渚也。事祭事也。○南國被文王之化諸侯夫人能盡誠敬以奉祭祀而其家人敘其事以美之也。或曰蘩所以生蠶。蓋古者后夫人有親蠶之禮此詩亦猶周南之有葛覃也。

○于以采蘩于澗之中于以用之公侯之宮。賦也。山夾水曰澗。宮廟也。或曰即記所謂公桑蠶室也。

○被音備之僮僮音同夙夜在公。被之祁祁薄言

○刪補云夫人助祭而始終能敬蓋深有得於文王之化也

○行義曰未見而憂必既見而喜見其思出于正而有貞靜純一之意故與卷耳詩一也

還音旋歸賦也被首飾也編髮爲之僮僮竦敬也夙早也公公所也祁祁舒遲貌去事有儀也祭義曰及祭之後陶陶遂遂如將復入然不欲遽去愛敬之無已也或曰公即所謂公桑也

采蘩三章章四句

喓喓音腰草蟲趯趯阜螽未見君子憂心忡忡音充亦既見止亦既覯止我心則降音杭叶乎攻反○賦也喓喓聲也草蟲蝗屬奇音青色趯趯躍貌阜螽蠜也忡忡猶衝衝也止語辭覯遇降下也○南國被文王之化諸侯大夫行役在外其妻獨居感時物之變而思其君子如此亦

○音釋云蕨虌也爾雅作虌疏江西謂之虌蕨周秦曰蕨齊魯曰虌釋文初生似鼈脚故名

○衍義云登山是託以望君子非託言也此意輕不過引起下文只重蕨薇上

若周南之卷耳也

○陟彼南山言采其蕨未見君子憂心惙惙。音拙

亦既見止亦既覯止我心則說音悅○賦也登山蓋託以望君子蕨虌也初生無葉時可食亦感時物之變也惙憂貌。

○陟彼南山言采其薇未見君子我心傷悲。

亦既見止亦既覯止我心則夷賦也薇似蕨而差大有芒而味苦山間人食之謂之迷蕨胡氏曰疑即莊子所謂迷陽者夷平也

草蟲三章章七句

○莊子人間世所謂迷陽迷陽無傷吾行

○刪補云乃婦人隨感而念矣蓋得性情之正亦文王之化也

○大宗按儀禮別子爲祖繼別爲宗有百世不遷之宗傳曰百世不遷者別子之後也宗其繼別子者百世不遷也註諸侯之適子適孫繼世爲君而第二子以下不得禰先君別於正適故稱別子也此別子子孫爲卿大夫立此別子爲後世之始祖又非君之親或是異姓始來此國者亦謂之別子別子之世世長子恒繼別子與族人爲百世不遷之大宗族人雖五世外與之絶族者皆爲之齊衰三月

○衍義云按諸侯之嫡子世爲諸侯而第二子以下不得繼禰先君別于正適故云別子乃大夫之始祖繼別子者謂之大宗立宗室以祀之

溫按謹飭一作整飭

于以采蘋南澗之濱于以采藻于彼行潦音老

○賦也蘋水上浮萍也江東人謂之薸濱厓也藻聚藻也生水底莖如釵股葉如蓬蒿行潦流潦也○南國被文王之化大夫妻能奉祭祀而其家人叙其事以美之也

○于以盛音成之維筐及筥音舉于以湘之維錡音蟻及釜音父

○賦也方曰筐圓曰筥湘烹也蓋粗熟而淹以爲菹錡釜屬有足曰錡無足曰釜○此足以見其循序有常嚴敬謹飭之意

○于以奠之宗室牖下叶後五反誰其尸之有齊音齋季女

賦也奠置也宗室大宗之廟也大夫士祭於宗室牖下室西隅所謂奧

○劉瑾云首言采物，次言奠物，末言薦物，而表其能敬此，女子之賢亦文王之化也

也。尸主也。齊敬貌。季少也。祭祀之禮，主婦主薦豆，實以葅醢。少而能敬，尤見其質之美，而化之所從來者遠矣。

采蘋三章章四句

蔽芾音廢甘棠，勿翦勿伐，召伯所茇。音鈸○賦也。蔽芾盛貌。甘棠杜梨也。白者爲棠，赤者爲杜。翦翦其枝葉也。伐伐其條幹也。伯方伯也。茇草舍也。○召伯循行南國，以布文王之政，或舍甘棠之下。其後人思其德，故愛其樹而不忍傷也。

○蔽芾甘棠，勿翦勿敗。叶蒲緣反召伯所憩。音器○賦也。敗折。憩息也。勿敗則非特勿伐而已，愛之愈久而愈深也。下章放此。

○衍義云：三章詞有淺深，而寔一意。勿字既不忍說，不可作相戒之詞也。茇曰草舍者，乃草率舍止之謂，詩中或字說得好，謂布告之下，或舍于此，而自蔽芾，非謂必舍于此而布政也。註愛之愈久愈深，只在于伐敗拜字見之。

○刪補云乃南人深致愛于仁人之所遺可以見善教得民心而文王之化之神亦可徵也。

○蔽芾甘棠勿翦勿拜叶變制反召伯所說音稅○賦也。拜，屈。說，舍也。勿拜，則非特勿敗而已。

甘棠三章章三句

厭入聲浥音邑行露，豈不夙夜，叶羊茹反謂行多露。賦也。厭浥，濕意。行，道。夙，早也。○南國之人遵召伯之教，服文王之化，有以革其前日淫亂之俗。故女子有能以禮自守，而不爲强暴所汚者，自述己志，作此詩以絕其人。言道間之露方濕，我豈不欲早夜而行乎？畏多露之沾濡而不敢爾。蓋以女子早夜獨行，或有强暴侵陵之患，故託以行多露，而畏其沾濡也。

○衍義云通章以禮爲主。首章是以禮自守而不妄行。下二章是以禮自訴而不妄從。然非截然兩段，實則上下相承也。又云雀有喙而無角，鼠有齒而無牙，誰不知之，詩人云自有意，勿將兩誰謂說得死。

煞

○衍義云按求爲室家之禮如婚姻納采問名納吉納徵請期之屬註云納采納鴈以爲采擇之禮也問名問生女父母名氏納吉者得吉卜而納之也納徵者納幣以爲婚姻之訖請期請婚月也

○誰謂雀無角。叶盧谷反何以穿我屋。誰謂女汝音無家。叶音谷、何以速我獄。雖速我獄、室家不足。

與也。家謂以媒聘求爲室家之禮也。速召致也。○貞女之自守如此。然猶或見訟而召致於獄。因自訴而言人皆謂雀有角。故能穿我屋。以興人皆謂汝於我。嘗有求爲室家之禮。故能致我於獄。然不知汝雖能致我於獄而求爲室家之禮。初未嘗備。如雀雖能穿屋而實未嘗有角也。

○誰謂鼠無牙。叶五紅反何以穿我墉。誰謂女無家。叶各空反何以速我訟。叶祥容反雖速我訟。亦不女

○刪補云首章嚴自守之志下二章自訴以絶人此女子之賢亦文王之化也

從與也。牙牡齒也。墉牆也。○言汝雖能致我於訟。然其求爲室家之禮。有所不足。則我亦終不汝從矣。

行露三章一章三句二章章六句

羔羊之皮。叶蒲何反 素絲五紽。音駝 退食自公。委音威蛇。音移叶唐何反 委蛇。賦也。小曰羔。大曰羊。皮所以爲裘。大夫燕居之服。素白也。紽未詳。蓋以絲飾裘之名也。退食。退朝而食於家也。自公。從公門而出也。委蛇。自得之貌。○南國化文王之政。在位皆節儉正直。故詩人美其衣服有常。而從容自得如此也。

○羔羊之革。叶訖力反 素絲五緎。音域 委蛇委蛇。自

○行義云三章一意各常上二句是燕服無過飾下二句是燕居有從容下二章倒句不過變文叶韻疏所謂反覆詠嘆是也

〇刪補云大夫之服得於卑服之風大夫之容得於敬止之範此在位之賢者文王之化也

〇衍義云此詩三平無淺深重思念上每章首四句是興君子從役之勞下是美其德而冀其歸也首章意已盡矣下二章乃詠嘆不已之意耳

公退食。賦也。革猶皮也。緎裘之縫界也。

〇羔羊之縫音逢素絲五總音宗委蛇委蛇退食自公。賦也。縫縫皮合之以爲裘也。總亦未詳。

羔羊三章章四句

殷音隱其靁在南山之陽何斯違斯莫敢或遑。振振音眞君子歸哉歸哉

興也。殷靁聲也。山南曰陽。何斯斯此人也。違斯斯此所也。遑暇也。振振信厚也。〇南國被文王之化婦人以其君子從役在外而思念之。故作此詩。言殷殷然靁聲則在南山之陽矣。何此君子獨去此而不敢少暇乎。於是

〇衍義云彼雷本無定在也今殷然雷聲則在南山之陽而有定在矣何此君子反无常所也乃違此常所而爲國服勞不得以少暇逸且我君子也振振然篤信厚以立身與吾之所仰望而終身也

〇刪補云屢興其勞於役而深冀其速於歸此婦人得性情之正者亦文王之化也

〇衍義云周禮仲春令會男女梅落之時則仲夏矣微弦曰摽有梅說者以爲仲夏

又美其德且冀其早畢事而還歸也

〇殷其靁在南山之側。何斯違斯莫敢遑息。振振君子。歸哉歸哉。興也。息止也。

〇殷其靁在南山之下。下叶後五反。何斯違斯莫或遑處。處上聲。振振君子。歸哉歸哉。興也。

殷其靁三章章六句

摽音殍有梅。其實七兮。求我庶士。迨其吉兮。賦也。摽落也。梅木名。華白實似杏而酢。庶衆。迨及也。吉吉日也。〇南國被文王之化。女子知以貞信自守。懼其嫁不及時而有強暴之辱也。

之時非也仲春之時則梅已將熟矣安得而有摽落又安得有頃筐之多也梅花繁初結實時常多而易落故丁此嘗驗之亦稍後於桃夭時耳非如仲春之說耳

○刪補云乃時愈晚而心愈迫其急於成禮者乃其急於遠辱者也此女子之貞亦文王之化也

故言梅落而在樹者少以見時過而太晚矣求我之衆士其必有及此吉日而來者乎

○摽有梅其實三兮叶疏簪反求我庶士迨其今兮

賦也梅在樹者三則落者又多矣今今日也蓋不待吉矣

○摽有梅頃音傾筐塈許器反之求我庶士迨其謂之

賦也塈取也頃筐取之則落之盡矣謂之則但相告語而約可定矣

摽有梅三章章四句

嘒音蟪彼小星三五在東肅肅宵征夙夜在公寔命不同

興也嘒微貌三五言其稀蓋初昏或將旦時也肅肅齊遬貌宵夜征

○通解曰天子之后每夕皆進於王所以正内治五日一休以休沐爲義則一嬪與其御進又五日一休則一嬪與其御進凡四十五日而九嬪畢見凡一時而再見一歲而八見此嬪御進見之大數也嬪僅九人不可謂衆妾衆妾必爲女御無疑進御必從其嬪不敢

自往故曰不敢當夕諸侯以下妾媵雖有多寡皆用五日之御故內則曰妾雖老未滿五十必與五日之御是也

○刪補云此衆妾進御數而自安於命正以歸德于夫人此見夫人之德亦見衆妾之賢蓋文王之化也

行也寔與實同命謂天所賦之分也○南國夫人承后妃之化能不妬忌以惠其下故其衆妾美之如此蓋衆妾進御於君不敢當夕見星而往見星而還故因所見以起興其於義無所取特取在東在公兩字之相應耳遂言其所以如此者由其所賦之分不同於貴者是以深以得御於君爲夫人之惠而不敢致怨於往來之勤也

○嘒彼小星維參所森反與昴叶力求反肅肅宵征抱衾與裯音俦寔命不猶

興也參昴西方二宿之名衾被也裯襌被也興亦取與昴與裯二字相應猶亦同也

小星二章章五句 呂氏曰夫人無妬忌之行而賤妾安於其

○大學傳云未有上好仁而下不好義者也

命。所謂上好仁而下必好義者也。

江有汜音祀叶羊里反之子歸不我以不我以其後也悔叶虎洧反○興也水決復入爲汜今江陵漢陽安復之間蓋多有之之子媵妾指嫡妻而言也婦人謂嫁曰歸我媵自我也。能左右之曰以謂挾已而偕行也○是時汜水之旁媵有待年於國而嫡不與之偕行者其後嫡被后妃夫人之化乃能自悔而迎之故媵見江水之有汜而因以起興言江猶有汜而之子之歸乃不我以雖不我以然其後也亦悔矣。

○行義云註待年于國媵妾父母之國也待年未任荅君子也或用待嫡往嫁之年禮諸侯之媵八歲備數十五從嫡二十承事君子

○江有渚之子歸不我與不我與其後也處。

○疏云媵送也諸侯之娶一國媵之夫人有姪娣二國之女亦各有姪娣故一娶九女大夫有娣姪士或娣或姪

○刪補云乃始迷而
終復悟見嫡妻之明
而媵妾之詞畧無怨
恨之心亦文王之化
也

○衍義云嚴氏曰春
者天地交感万物孳

興也。渚小洲也。水岐成渚。與
猶以也。處安也。得其所安也
○江有沱音駝之子歸不我過音戈不我過其嘯
也歌 興也。沱江之別者。過謂過我而與俱也。
嘯蹙口出聲以舒憤懣之氣。言其悔時
也。歌則得其所處而樂也。

江有汜三章章五句 陳氏曰。小星之夫
人惠及媵妾而媵
妾盡其心。江沱之嫡惠不及媵妾而媵
妾不怨。蓋父雖不慈子不可以不孝。各
盡其道
而已矣。

野有死麕俱倫反與春叶白茅包叶補苟反之有女懷春

生之時聖人順天地万物之情令媒氏以仲春令會男女故女之懷婚姻者謂之懷春

○小序云野有死麕惡無禮也天下大亂強暴相陵遂成淫風被文王之化雖當亂世猶惡無禮也

吉士誘之興也麕麞也鹿屬無角懷春當春而有懷也吉士猶美士也○南國被文王之化女子有貞潔自守不爲强暴所汙者故詩人因所見以興其事而美之或曰賦也言美士以白茅包其死麕而誘懷春之女也

○林有樸蒲木樕音速野有死鹿白茅純音豚束有女如玉興也樸樕小木也鹿獸名有角純束猶包之也如玉者美其色也上三句興下一句也或曰賦也言以樸樕藉死鹿束以白茅而誘此如玉之女也

○舒而脫脫音兌兮無感我帨音稅兮無使尨美邦反也吠符廢反○賦也舒遲緩也脫脫舒緩貌感動帨巾尨犬也○此章乃述女

○行義云通章之意全重此章如詩意稍緩便不見得拒之嚴須模寫女子貞潔不可犯之意出

○禮記昏義曰：主人設几筵於廟，而拜迎門外，壻執雁入，揖讓升堂，再拜奠雁。蓋親受之父母也。

○輯補云：是見誘於人而嚴拒之，此女子之貞，亦文王之化也。

子拒之之辭。言姑徐徐而來，毋動我之帨，毋驚我之犬，以甚言其不能相及也。其凜然不可犯之意，蓋可見矣。

野有死麕三章，二章章四句，一章三句。

○衍義云：首章見華則知人，不見車則知人興意，以設問而倒解之耳。

○輯補云：首言見其車而知其和且敬，下則本其和敬而言其分之称、情之合也。此亦徵文王之遺化也。

何彼穠音濃。與雝叶。矣，唐棣音第。之華。曷不肅雝，王姬之車。

興也。穠，盛也。猶曰戎戎也。唐棣，栘也。似白楊。肅，敬。雝，和也。周王之女，姬姓，故曰王姬。○王姬下嫁於諸侯，車服之盛如此，而不敢挾貴以驕其夫家。故見其車者，知其能敬且和，以執婦道，於是作詩以美之曰：何彼戎戎而盛乎，乃唐棣之華也。此何不肅肅而敬、雝雝而和乎，乃王姬之車也。此乃武王以後之詩，不可的知其何王之世。然文王

○春秋莊公十一年冬王姬歸于齊左氏傳云齊侯來逆王姬

○衍義徵茲曰言族類之貴則先女而后男尊王也言婚姻之合則先男而后女從夫也

○代酔十云一發五豝註謂發言中必疊雙也猶覺察雜言曰世射矢爲一發非也射畢十二箭方爲一發十二箭乃能射五豕耳豈能一箭而得五豕哉按十二箭爲一發不知何出然謂十二箭而得五豕亦不足以見獸之多愚謂發者猶連中之意固不可

太姒之教久而不衰亦可見矣。

○何彼襛矣華如桃李平王之孫齊侯之子。

叶奬里反○興也李木名華白實可食舊說平正也武王女文王孫適齊侯之子或曰平王即平王宜臼齊侯即襄公諸兒事見春秋未知孰是以桃李二物興男女二人也

○其釣維何維絲伊緡齊侯之子平王之孫

叶須倫反○興也伊亦維也緡綸也絲之合而爲綸猶男女之合而爲昏也

何彼襛矣三章章四句

彼茁音拙者葭音加壹發五豝音巴于音吁嗟乎騶虞

謂一箭亦不必謂十二箭也○杜詩一箭正墮雙飛翼隋長孫晟射鵰一發雙貫雙貫已

前況五貫乎故二字不可泥讀

○衍義云一發五豝九射每發四矢而發四矢而中五豝是一矢中必疊雙也此正是見其物之多不是言射之巧

○陸氏曰騶虞尾長于身白虎黑文不食生物不履生草蓋仁獸也

○小序註歐陽公曰賈誼新書曰騶者文王之囿名虞者囿之司獸也陳氏曰禮記射義云天子以騶虞為節樂官備也則其為虞官明矣獵以虞為主其實歎文王之仁而不斥言也此與舊說不同今存于此

○代醉十一云焦弱

叶音牙○賦也茁生出壯盛之貌葭蘆也亦名葦發發矢豝牝豕也一發五豝猶言中必疊雙也騶虞獸名白虎黑文不食生物者也。

○南國諸侯承文王之化修身齊家以治其國而其仁民之餘恩又有以及於庶類故其春田之際草木之茂禽獸之多至於如此而詩人述其事以美之且歎之曰此其仁心自然不由勉强是即真所謂騶虞矣。

彼茁者蓬壹發五豵音宗**于嗟乎騶虞**叶五紅反

○賦也蓬草名一歲曰豵亦小豕也。

騶虞二章章三句

文王之化始於關雎而至於麟趾則其化之入人者深矣形於鵲巢而及於騶虞則其澤之及物者廣矣蓋意誠心正之

侯曰詩吁嗟乎騶虞説者因前篇麟趾爲關雎之應故誤以騶虞爲獸

○孟子盡心上云霸者之民驩虞如也王者之民皞皞如也註云皞皞廣大自得之貌

功不息而久則其薰蒸透徹融液周徧自有不能已者非智力之私所能及也故序以騶虞爲鵲巢之應而見王道之成其必有所傳矣

召南之國十四篇四十章百七十七句

愚按鵲巢至於采蘋言夫人大夫妻以見當時國君大夫被文王之化而能脩身以正其家也甘棠以下又見由方伯能布文王之化而國君能脩之家以及其國也其詞雖無及於文王者然文王明德新民之功至是而其所施者溥矣抑所謂其民皞皞而不知爲之者與唯何彼襛矣之詩爲不可曉當闕所疑耳○周南召南二國凡二十五篇先儒以爲正風今

○儀禮第四鄉飲酒禮篇註云合樂謂歌樂與衆聲俱作

姑從之。○孔子謂伯魚曰女爲周南召南矣乎。人而不爲周南召南其猶正牆面而立也與。○儀禮鄉飲酒鄉射燕禮皆合樂周南關雎葛覃卷耳召南鵲巢采蘩采蘋燕禮又有房中之樂鄭氏注曰弦歌周南召南之詩而不用鐘磬云房中者后夫人之所諷誦以事其君子。○程子曰天下之治正家爲先天下之家正則天下治矣。二南正家之道也陳后妃夫人大夫妻之德推之士庶人之家一也故使邦國至於鄉黨皆用之自朝廷至於委巷莫不謳吟諷誦所以風化天下。

詩經卷之一

再刻頭書詩經集註

二

○衍義程子曰一國之詩而三其名得于衛地者爲衛得邶鄘者爲邶鄘

○左傳襄公二十九年歌之邶鄘衛林堯叟註云武王伐紂分其地爲三監三監叛周公滅之並其地封康叔故邶鄘衛盡被康叔之化云云

○戴公文公一公子頑

經卷之二

朱熹集傳

邶一之三

邶鄘衛三國名。在禹貢冀州。西阻太行。北逾衡漳。東南跨河以及兗州桑土之野。及商之季而紂都焉。武王克商。分自紂城朝歌而北謂之邶。南謂之鄘。東謂之衛。以封諸侯。邶鄘不詳其始封。衛則武王弟康叔之國也。衛本都河北朝歌之東淇水之北百泉之南。其後不知何時并得邶鄘之至懿公爲狄所滅。戴公東徙渡河野處漕邑。文公又徙居于楚丘。朝歌故城在今衛州衛縣西二十二里。所謂殷墟。衛故都即今衛縣。漕楚丘皆在滑州。大抵今懷衛澶相滑濮等州。開封大名府界。皆衛境也。但邶鄘地既入衛。其詩皆爲

○衍義崔氏集云正風以關雎爲首夫婦之正也變風以栢舟爲首夫婦之變也閨門爲風化之原故夫子謹之

衛事而猶繫其故國之名則不可曉而舊說以此下十三國皆爲變風焉。

汎芳梵反彼栢舟亦汎其流耿耿古幸反不寐如有隱憂微我無酒以敖音翱以遊

比也。汎流貌。栢木名。耿耿小明憂之貌也。隱痛也。微猶非也。○婦人不得於其夫故以栢舟自比言以栢爲舟堅緻牢實而不以乘載無所依薄但汎然於水中而已故其隱憂之深如此非爲無酒可以敖遊而解之也。列女傳以此爲婦人之詩今考其辭氣卑順柔弱且居變風之首而與下篇相類豈亦莊姜之詩也歟。

○衍義輔氏云內既不得於其夫外又不得於其兄弟情之無聊亦甚矣

○我心匪鑒不可以茹音孺亦有兄弟不可以

○同云嗟夫臣有忠而見黜婦有貞而見弃甚哉誠心難明而流俗難悟也然貞婦不以無罪見弃而變其從夫之心忠臣不以無罪見逐而移其從君之志故莊姜詠匪石以自誓屈原賦懷沙以自沈嗚呼不幸而處君臣夫婦之變此亦足觀矣

○大全輔氏曰富謂富盛也富盛則全備而無欠缺閑習謂從容而不生疎

據薄言往愬逢彼之怒〔賦也鑒鏡茹度據依愬告也○言我心既匪鑒而不能度物雖有兄弟而又不可依以爲重故往告之而反遭其怒也〕

○我心匪石不可轉也我心匪席不可卷〔音捲〕也威儀棣棣不可選也〔賦也棣棣富而閑習之貌選簡擇也○言石可轉而我心不可轉席可卷而我心不可卷威儀無一不善又不可得而簡擇取舍皆自反而無闕之意〕

○憂心悄悄〔七小反〕慍于羣小覯〔音垢〕閔既多受侮不少靜言思之寤辟〔音闢〕有摽〔音殍〕〔○賦也悄悄憂貌慍

怒意羣小衆妾也言見怒於衆妾也
覯見閔病也辟拊心也摽拊心貌
○日居月諸胡迭音垤而微心之憂矣如匪澣音緩
衣靜言思之不能奮飛比也居諸語辭迭更微虧也匪澣衣
謂垢汙不濯之衣奮飛如鳥奮翼而飛去也
○言日當常明月則有時而虧猶正嫡當尊
衆妾當卑今衆妾反勝正嫡是日月更迭而
虧是以憂之至於煩冤憒眊如衣不澣之衣
恨不能奮起而飛去也

栢舟五章章六句

綠兮衣兮綠衣黃裏心之憂矣曷維其已比也

○刪補云處夫婦之
變而不能爲情之甚
婦人亦賢矣

○憒心亂也眊目不
明皃

○衍義云此首章以綠爲衣而見乎外以黃爲裏而隱于中喻衆妾顯而正嫡幽也次章
以綠爲衣而在上以黃爲裳而在下喻衆妾尊而正嫡卑也以黃爲裏猶未甚至以爲
裳則下矣故曰失所益甚

○同云綠色之絲本嬌艶可愛况人情經手治者精神常注自然鍾愛絺綌本凉着况又遇寒凉之風自然見棄尤雖可愛畢竟是間色絺綌雖可弃亦貴重之質白在詩人不但善喩其譚理亦甚精細

綠蒼勝黃之間色黃中央土之正色間色賤而以爲衣正色貴而以爲裏言皆失其所也已止也○莊公惑於嬖妾夫人莊姜賢而失位故作此詩言綠衣黃裏以比賤妾尊顯而正嫡幽微使我憂之不能自已也

○綠兮衣兮綠衣黃裳心之憂矣曷維其亡

比也上曰衣下曰裳記曰衣正色裳間色今以綠爲衣而黃者自裏轉而爲裳其失所益甚矣亡之爲言忘也

○禮記玉藻篇云衣正色裳間色非列采不入公門

○綠兮絲兮女音汝所治平聲兮我思古人俾無訧音尤叶于其反兮

比也女指其君子而言也治謂理而織之也俾使訧過也○言

○刪補云極憂變之情而求處變之道莊姜亦可謂賢也

○左傳隱公三年云衛莊公娶于齊東宮得臣之妹曰莊姜美而無子又嬖於妾而生州吁莊從夫謚姜姓也

○矜義云隱公四年衛州吁弑其君完胡氏曰此衛公子州吁也而削其屬籍以國氏者何罪莊公不待之以公子之道使預政事主兵權而當國也州吁有寵而好兵而公弗禁石碏盡言極諫而公不從故不称公子而以國氏者爲後世爲人君父者之戒

綠左爲絲而女又治之以比妾方少艾而女又嬖之也然則我將如之何哉亦思古人有嘗遭此而善處之者以自厲焉使不至於有過而已

○絺兮綌兮淒其以風淒音妻 風叶孚愔反 我思古人實獲我心 比也淒寒風也○絺綌而遇寒風猶已之過時而見棄也故思古人之善處此者眞能先得我心之所求也

綠衣四章章四句 莊姜事見春秋傳此詩無所考姑從序說

下ノ三篇同

燕燕于飛差池其羽差初宜反 之子于歸遠送于

○左傳云莊公又娶陳曰厲嬀生孝伯早死其娣戴嬀生完莊姜以爲己子公卒完立是爲桓公隱公四年州吁弑桓公故戴嬀大歸於陳厲戴皆諡嬀陳姓也

○楊升菴集八十二云禽經云鳥向喙背栖燕皆飛向宿毛詩燕燕于飛莊姜送歸妾義取諸此故曰上下其音參池其羽皆背飛之義送別之情也

溫按下字之下當有去聲之二字

野瞻望弗及泣涕如雨。興也。燕鳦也。謂之燕燕者重言之也。差池不齊之貌。之子指戴嬀也。歸大歸也。○莊姜無子以陳女戴嬀之子完爲己子。莊公卒完即位嬖人之子州吁弑之。故戴嬀大歸于陳而莊姜送之作此詩也。

○燕燕于飛頡（與絜同）之頏（與杭同）之。之子于歸遠于將之瞻望弗及佇立以泣。興也。飛而上曰頡飛而下曰頏。將送也。佇立久立也。

○燕燕于飛下上（上聲）其音之子于歸遠送于南瞻望弗及實勞我心。興也。鳴而上曰上音。鳴而下曰下音。送于

○衍義云上四句備述仲氏之賢下敘其勉己以正之意任只自其相與而言此句別說塞淵以操心言温惠二句以持身言總是賢處

南者陳在衛南。

○仲氏任只。任平聲只音紙其心塞淵。淵叶一均反終温且惠。淑慎其身。先君之思。以勗寡人。賦也仲氏戴媯字也。以恩相信曰任。只語辭。塞實。淵深。終竟。温和。惠順。淑善也。先君謂莊公也。勗勉也。寡人寡德之人。莊姜自稱也。○言戴媯之賢如此。又以先君之思勉我。使我常念之而不失其守也。楊氏曰。州吁之暴。桓公之死。戴媯之去。皆夫人失位。不見答於先君所致也。而戴媯猶以先君之思勉其夫人。眞可謂温且惠矣。

燕燕四章章六句

○刪補云上三章與別儻之甚苦末章尤深信戴媯之賢也

○衍義云四章丁意見屢呼太象而訴夫處己之薄因慨嘆而屬望之厚也重在不得于夫上每章末二句皆有望之意

日居月諸照臨下土乃如之人兮逝不古處胡能有定寧不我顧叶果五反○賦也日居月諸呼而訴之也之人指莊公也逝發語辭古處未詳或云以古道相處也胡寧皆何也○莊姜不見答於莊公故呼日月而訴之言日月之照臨下土久矣今乃有如是之人而不以古道相處是其心志回惑亦何能有定哉而何為其獨不我顧也見棄如此而猶有望之之意焉此詩之所以為厚也

○日居月諸下土是冒乃如之人兮逝不相好呼報反胡能有定寧不我報賦也冒覆也報答也

○[illegible]補云屢訴夫遇己之薄蓋慨嘆之深亦屬望之意也

○日居月諸出自東方乃如之人兮德音無良胡能有定俾也可忘賦也。日旦必出東方月望亦出東方德音美其辭無良醜其實也。俾也可忘言何獨使我爲可忘者耶。

○日居月諸東方自出父兮母兮畜我不卒。胡能有定報我不述。賦也。畜養卒終也。不得其夫而歎父母養我之不終蓋憂患疾痛之極必呼父母人之至情也。述循也。言不循義理也。

日月四章章六句此詩當在燕燕之前下篇放此

終風且暴顧我則笑。叶音燥謔許約反浪笑敖。音傲

○衍義云此詩大抵當如碩鼠之例便是借終風以言莊公

○疏云風而雨土爲霾又曰大風揚塵土從上下也○衍義云上言笑矣而又曰笑敖此言來矣而又曰莫來皆見輕忽無常之狀

中心是悼比也終風終日風也暴疾也謔戲言也浪放蕩也悼傷也○莊公之爲人狂蕩暴疾莊姜蓋不忍斥言之故但以終風且暴爲比言雖其狂暴如此然亦有顧我則笑之時但皆出於戲慢之意而無愛敬之誠則又使我不敢言而心獨傷之耳蓋莊公暴慢無常而莊姜正靜自守所以忤其意而不見答也

○**終風且霾**與埋同**惠然肯來莫往莫來悠悠我思**比也霾雨土蒙霧也惠順也悠悠思之長也○終風且霾以比莊公之狂惑也雖云狂惑然亦或惠然而肯來但又有莫往莫來之時則使我悠悠而思之望其君子之深厚之至也

○音釋云鼽病寒鼻窒也。

○衍義云嚏字自不必用爲風霧所襲意只就感傷閉鬱上言之以見其憂之甚也鼽嚏陳氏曰鼽者氣窒于鼻嚏者聲出于口皆肺疾也

○刪補云乃屢瘉夫之無良而憂患不寘亦莊姜之厚也

終風且曀（與隘同）不日有曀寤言不寐願言則嚏（音帝同○比也陰而風曰曀有又也不日有曀言既曀矣不旋日而又曀也亦比人之狂惑暫開而復蔽也願思也嚏鼽嚏也人氣感傷閉鬱又爲風霧所襲則有是疾也。）

曀曀其陰虺虺其靁寤言不寐願言則懷（○比也曀曀陰貌虺虺靁將發而未震之聲以比人之狂惑愈深而未已也懷思也。）

終風四章章四句（說見上）

擊鼓其鏜（與湯同）踊躍用兵土國城漕我獨南

○左傳隱公四年，州吁弒桓公而自立，將脩先君之怨於鄭，而求寵於諸侯，使告於宋曰：君若伐鄭以除君害，君爲主，敝邑以賦與陳蔡從。宋人許之。夏，宋陳蔡衞伐鄭，圍其東門，五日而還。秋，四國復伐鄭，徒兵取其禾而還。

○衍義云：衞之出師，按春秋前紀，亦不爲久，而國人之怨已極。蓋身犯大逆，加兵于先君之國，故衆叛親離，莫爲之用，而終爲國人殺也。

行。賦也。鏜，擊鼓聲也。踊躍，坐作擊刺之狀也。兵，謂戈戟之屬。土，土功也。國，國中也。漕，衞邑名。○衞人從軍者自言其所爲，因言衞國之民或役土功於國，或築城於漕，而我獨南行，有鋒鏑死亡之憂，危苦尤甚也。

○從孫子仲，平陳與宋。不我以歸，憂心有忡。

與，充同。○賦也。孫，氏。子仲，字。時軍帥也。平，和也。合二國之好也。舊說以此爲春秋隱公四年州吁自立之時，宋衞陳蔡伐鄭之事，恐或然也。以，猶與也。言不與我而歸也。

○爰居爰處，爰喪（息浪反）其馬。于以求之，于林之下。

賦也。爰，於也。於是居，於是處，於是喪其馬，而求之於林下，見其失伍離次無鬭

○刪補云擊鼓五章、敘南行之苦而切室家之思此衛民傷怨之辭而其君使之不以道也可知矣

志
也

○死生契（與挈同）闊與子成說執子之手與子偕老。賦也。契闊隔遠之意。成說謂成其約誓之言。○從役者念其室家因言始爲室家之時期以死生契闊不相忘棄。又相與執手而期以偕老也。

○于（音吁下同）嗟闊兮不我活兮于嗟洵（音荀）兮不我信（師人反）兮賦也。于嗟。歎辭也。闊契闊也。活生。洵信也。信與申同。○言昔者契闊之約如此而今不得活偕老之信如此而今不得伸意必死亡不復得與其室家遂前約之信也

○行義劉氏曰首章言凱風棘心而下句無意故屬比次章言風與棘而以母喩子相憐故屬興○微弦曰作此詩可以得古人幾諫之道○孔氏曰母欲嫁者本為淫風流行但七子不可斥言故言母為勞苦而思嫁也曰勞苦曰莫慰雖若微指其事而此意終不露此凱風之不怨所以為孝也

擊鼓五章章四句

凱風自南吹彼棘心棘心夭夭（與腰同）母氏劬勞（叶音僚）○比也南風謂之凱風長養萬物者也棘小木叢生多刺難長而心又其稚弱而未成者也夭夭少好貌劬勞病苦也○衛之淫風流行雖有七子之母猶不能安其室故其子作此詩以凱風比母棘心比子之幼時蓋曰母生衆子幼而育之其劬勞甚矣本其始而言以起自責之端也

凱風自南吹彼棘薪母氏聖善我無令人○興也聖叡令善也棘可以為薪則成矣然非美材故以興子之壯大而無善也復以聖善

○按此詩稱母氏聖善與韓退之作羑里操中稱天主聖明今臣罪當誅同蓋臣道也子道也

稱其母而自謂無令人其自責也深矣

○爰有寒泉在浚之下叶後五反有子七人母氏勞苦興也浚衛邑○諸子自責言寒泉在浚之下猶能有所滋益於浚而有子七人反不能事母而使母至於勞苦乎於是乃若微指其事而痛自刻責以感動其母心也母以淫風流行不能自守而諸子自責但以不能事母使母勞苦爲詞婉詞幾諫不顯其親之惡可謂孝矣下章放此

○睍與演同睆與莞同黄鳥載好其音有子七人莫慰母心興也睍睆清和圓轉之意○言黄鳥猶能好其音以悅人而我七子

○刪補云此感親有育子之恩而責己無事親之道若七子者其知幾諫而稱孝矣

○衍義云此章以物性之自如與君子之不得自如蓋反興也

○同云二章即物之自適與已之勞于思也

獨不能慰悦母心哉

凱風四章章四句

雄雉于飛泄泄與異同其羽我之懷矣自詒伊阻

興也。雉，野雞。雄者有冠長尾。身有文采。善鬭。泄泄，飛之緩也。懷，思。詒，遺。阻，隔也。○婦人以其君子從役于外。故言雄雉之飛舒緩自得如此。而我之所思者乃從役於外。而自遺阻隔也

○雄雉于飛下上時掌反其音展矣君子實勞我心

興也。下上其音，言其飛鳴自得也。展，誠也。言誠，又言實，所以甚言此君子之勞

○同云此章非本思上來正因其不敢而冀其善處如此是思之切而無往不至哉○删補云叙其睽違之情而啓以自善之道婦人可謂賢矣

我心也

○瞻彼日月悠悠我思叶新齋反道之云遠曷云能來叶陵之反○賦也悠悠思之長也見日月之往來而思其君子從役之久也

○百爾君子不知德行下孟反叶戸郎反不忮與至同不求何用不臧賦也百猶凡也忮害求貪臧善也○言凡爾君子豈不知德行乎若能不忮害又不貪求則何所爲而不善哉憂其遠行之犯患冀其善處而得全也

雄雉四章章四句

匏有苦葉濟有深涉深則厲淺則揭與器同○比也

○音釋云埤雅長而瘦上曰瓠短頸大腹曰匏毛氏匏謂之瓠異矣蓋匏苦瓠甘復有長短之殊非一物也

○衍義云渡水不裸躰故著裏衣謂衿也水至帶以上至心曰厲由膝以下曰揭只就渡水上講此意

匏瓠也。匏之苦者不可食特可佩以渡水而已。然今尚有葉則亦未可用之時也。濟渡處也。行渡水曰涉。以衣而涉曰厲。褰衣而涉曰揭。○此刺淫亂之詩。言匏未可用而渡處方深。行者當量其淺深而後可渡。以比男女之際。亦當量度禮義而行也

○有瀰與米同濟盈。有鷕以小反雉鳴。濟盈不濡軌。與晷同叶居有反雉鳴求其牡。

比也。瀰水滿貌。鷕雌雉聲。軌車轍也。飛曰雌雄。走曰牝牡。○夫濟盈必濡其轍。雉鳴當求其雌。此常理也。今濟盈而曰不濡軌。雉鳴而反求其牡。以比淫亂之人不度禮義。非其配耦。而犯禮以相求也

○雝雝鳴鴈叶魚旰反旭許玉反日始旦。士如歸妻。

○禮記昏義篇云是以昏禮納采問名納吉納徵請期皆主人筵几於廟而拜迎於門外入揖讓而升聽命於廟所以敬愼重正昏禮也

迨氷未泮賦也雝雝聲之和也鴈鳥名似鵝畏寒秋南春北旭日初出貌昏禮納采用鴈親迎以昏而納采請期以旦歸妻以氷泮而納采請期迨氷未泮之時○言古人之於婚姻其求之不暴而節之以禮如此以深刺淫亂之人也

○招招音韶舟子叶奬里反人涉卬與昂同否叶蒲美反人涉卬否卬須我友叶羽軌反○比也招招號召之貌舟子舟人主濟渡者卬我也○舟人招人以渡人皆從之而我獨否者待我友之招而後從之也以比男女必待其配耦而相從而刺此人之不然也

匏有苦葉四章章四句

○刪補云首章言事當量其可次章言物各反其常三章言古禮不可悖末章言非類不可從所以深刺淫亂之非也

〇衍義云四句分上言室家之當和重和字下言己德之可取重德字此只論夫婦之常道以見今日之不然也

習習谷風以陰以雨黽勉同心不宜有怒（叶暖五反）采葑（與封同）采菲（與匪同）無以下體德音莫違及爾同死（叶想止反）〇比也習習和舒也東風謂之谷風葑蔓菁也菲似葍莖麤葉厚而長有毛下體根也葑菲根莖皆可食而其根則有時而美惡德音美譽也〇婦人爲夫所棄故作此詩以叙其悲怨之情言陰陽和而後雨澤降如夫婦和而後家道成故爲夫婦者當黽勉以同心而不宜至於有怒又言采葑菲者不可以其根之惡而棄其莖之美如爲夫婦者不可以其顏色之衰而棄其德音之善但德音之不違則可以與爾同死矣

○行義昆湖云荼本苦薺本草但以見弃之故我之于荼則荼反甘于薺非謂荼真甘于薺也

○行道遲遲中心有違不遠伊邇薄送我畿音祈誰謂荼音徒苦其甘如薺音泚宴爾新昏如兄如弟待禮反○賦而比也遲遲舒行貌違相背也畿門内也荼苦菜蓼屬也詳見良耜薺甘菜宴樂也新昏夫所更娶之妻也○言我之被棄行於道路遲遲不進蓋其足欲前而心有所不忍如相背然而故夫之送我乃不遠而甚邇亦至其門内而止耳又言荼雖甚苦反甘如薺以比已之見棄其苦有甚於荼而其夫方且宴樂其新昏如兄如弟而不見恤蓋婦人從一而終今雖見棄猶有望夫之情厚之至也

○涇以渭濁湜湜音殖其沚音止宴爾新昏不我

○衍義輔氏曰不忍遂弃其家者仁也知其不能禁而絶意焉者知也

屑以。毋逝我梁。毋發我笱與苟同我躬不閲。遑恤我後。胡口反○比也。涇渭二水名。涇水出今原州百泉縣笄頭山東南至永興軍高陵入渭。渭水出渭州渭源縣鳥鼠山至同州馮翊縣入河。湜湜清貌。沚水渚也。屑潔。以與逝之也。梁堰石障水而空其中以通魚之往來者也。笱以竹為器而承梁之空以取魚者也。閲容也。○涇濁渭清。然涇未屬渭之時雖濁而未甚見。由二水既合而清濁益分。然其別出之渚流或稍緩則猶有清處。婦人以自比其容貌之衰久矣。又以新昏形之益見憔悴。然其心則固猶有可取者。但以故夫之安於新昏故不以我為潔而與之耳。又言毋逝我之梁毋發我之笱以比欲戒新昏毋居我之處毋行我之事。而又自思我身且不

○行義輔氏曰婦人無外事以勤家睦鄰爲德而已此可以見其勤而不怨

見容何暇恤我已去之後哉
知不能禁而絕意之辭也
○就其深矣方之舟之就其淺矣泳之游之
何有何亡黽勉求之凡民有喪匍音蒲蒲匐反
救叶居尤反之興也方桴舟船也潛行曰泳浮水曰游匍匐手足並行急遽之甚也
○婦人自陳其治家勤勞之事言我隨事盡
其心力而爲之深則方舟淺則泳游不計其
有與亡而勉強以求之又周睦
其鄰里鄉黨莫不盡其道也
○不我能慉與畜同反以我爲讎既阻我德賈
音古用不售與壽同叶市周反昔育恐育鞫與菊同及爾

○行義云毒毒藥也病者於未遂生之時不得已而用毒藥既遂生之後更服則傷元氣
故徑棄去故曰既生既育比予于毒

○删補云首章言夫婦宜和而所取當在德二三章責夫之棄德而不取四章正叙其勤勞可取之德末二章慨歎其德之見拒而情之大變于始也

○説文云洸水涌光也徐鍇註其勇如水之涌也

顛覆與福同既生既育比予于毒賦也。育養。阻卻。鞫窮也。○承上章言我於女家勤勞如此而女既不我養而反以我爲仇讐惟其心既拒却我之善故雖勤勞如此而不見取如賈之不見售也因念其昔時相與爲生惟恐其生理窮盡而及爾皆至於顛覆今既遂其生矣乃反比我於毒而棄之乎張子曰育恐謂生於恐懼之中育鞫謂生於困窮之際亦通

○我有旨蓄勅六反亦以御音語冬宴爾新昏以我御窮有洸音光有潰音繪既詒我肄音異不念昔者伊余來塈與也。旨美。蓄聚。御當也。洸武貌。潰怒色也。肄勞。塈息也。○又言

我之所以蓄聚美菜者，蓋欲以禦冬月之無
之時，至於春夏則不食之矣。今君子安於新
昏而厭棄我，是但使我禦其窮苦之時，至於
安樂，則棄之也。又言於我極其武怒而盡遺
我以勤勞之事，曾不念昔者我之來息時也。
追言其始見君子之時，接禮之厚，怨之深也。

谷風六章章八句

式微式微，胡不歸。微君之故，胡爲乎中露。賦也。
式，發語辭。微，猶衰也。再言之者，言衰之甚也。
微，猶非也。中露，露中也。言有霑濡之辱，而無
所芘覆也。○舊說以爲黎侯失國，而寓於衛，
其臣勸之曰：衰微甚矣，何不歸哉。我若非以
君之故，則亦胡
爲而辱於此哉。

○衍義云：按黎侯爲
狄所逐，棄其國而寓
于衛。衛與黎接境，而
衛不救，非惟失鄰，乃
四鄰之道，抑亦唇亡
齒寒矣。其後衛爲狄
所滅，齊侯以管仲之言而救之，則衛之得齊爲最深，則知黎之怨衛爲最切。

○劉補云詩歸而推見作之由蓋激其君以復國也

○衍義輔氏曰本責衛君而但斥其臣望之雖切而其辭益緩直可見其溫恭敬厚之情也

○式微式微胡不歸微君之躬胡為乎泥中

賦也泥中言有陷溺之難而不見拯救也

式微二章章四句 此無所考姑從序說

旄丘之葛 叶居謁反 兮何誕 音憚 之節兮叔兮伯 叶音逼 兮何多日也

興也前高後下曰旄丘誕闊也叔伯衛之諸臣也○舊說黎之臣子自言久寓於衛時物變矣故登旄丘之上見其葛長大而節疏闊因託以起興曰旄丘之葛何其節之闊也衛之諸臣何其多日而不見救也此詩本責衛君而但斥其臣可見其優柔而不迫也

〇何其處也必有與也何其久也叶舉里反必有以也

賦也。處，安處也。與，與國也。以，他故也。〇因上章何多日也而言何其安處而不來，意必有與國相俟而俱來耳。又言何其久而不來，意其或有他故而不得來耳。詩之曲盡人情如此。

〇狐裘蒙戎匪車不東叔兮伯兮靡所與同

賦也。大夫狐蒼裘。蒙戎，亂貌。言弊也。〇又自言客久而裘弊矣，豈我之車不東告於女乎？但叔兮伯兮不與我同心，雖往告之而不肯來耳。至是始微諷切之。或曰：狐裘蒙戎，指衛大夫而譏其憒亂之意。匪車不東，言非其車不肯東來救我也，但其人不肯與俱來耳。今

〇衍義云：按魯隱公七年，戎伐凡伯於楚丘以歸。胡傳云：凡伯，王臣也。楚丘，衛也。戎得伐之以歸，是衛廢先王之官而無君父也。故聖人錄於國風，衛不能終方伯之職也。戎伐凡伯於楚丘以歸，見衛不救王臣之患也，為狄所滅有由然矣。

○陸機毛詩草木鳥獸蟲魚疏云流離梟也自關而西謂梟爲流離其子適長大還食其母故張奐云鶹鷅食母許愼云梟不孝鳥是也

○刪補云總是斥衛之不救而首章感物而疑之二章設辭而度之三章以不同心諷之末章以不聞患責之然本斥衛君而相斥其臣亦詩人立言之善也

按黎國在衛西前說近是

○瑣音鎖兮尾兮流離之子叶奬里反叔兮伯兮褎音又如充耳

賦也瑣細尾末也流離漂散也褎多笑貌充耳塞耳也耳聾之人恒多笑○言黎之君臣流離瑣尾若此其可憐也而衛之諸臣褎然如塞耳而無聞何哉至是然後盡其辭焉流離患難之餘而其言之有序而不迫如此其人亦可知矣

旄丘四章章四句說同上篇

簡兮簡兮方將萬舞日之方中在前上處上聲

○賦也簡簡易不恭之意萬者舞之總名武用干戚文用羽籥也日之方中在前上處言

○行義鄭氏曰伶氏世掌樂官而善焉故后世號樂官爲伶官

○同劉氏曰既主樂舞又善御馬亦若上章之自譽而自嘲也

○同説文云以竹爲籥長三尺執之以舞非作樂也

當明顯之處。○賢者不得志而仕於伶官有藝世肆志之心焉故其言如此若自譽而實自嘲也。

○碩人俁俁音語公庭萬舞有力如虎執轡如組音祖○賦也。碩大也。俁俁大貌。轡今之韁也。組織絲爲之。言其柔也。御能使馬則轡柔如組矣。○又自譽其才之無所不備亦上章之意也。

○左手執籥音藥右手秉翟音笛叶直角反赫如渥音握赭音者叶陟畧反公言錫爵賦也。籥如笛而六孔或曰三孔。翟雉羽也。赫赤貌。渥厚漬也。赭赤色也。言其顏色之充盛也。公言錫爵即儀禮燕飲

○刪補云首誇其佳處次誇其才美三誇其榮養皆自嘲之意末則言其所思之遠蓋有無窮之微也

○衍義云秋風辭曰蘭有秀兮菊有芳懷佳人兮不能忘與此章起興之例同離騷經云恐美人之遲暮註云言美好之婦人蓋托辭而喻意于君也玩此則美人已無他說但不可著象耳

而獻工之禮也以碩人而得此則亦陋矣乃反以其資予之親洽為榮而誇美之亦玩世不恭之意也

○山有榛音臻隰有苓音零云誰之思西方美人彼美人兮西方之人兮。

興也榛似栗而小下濕曰隰苓一名大苦葉似地黃即今甘草也西方美人託言以指西周之盛王如離騷亦以美人目其君也又曰西方之人者歎其遠而不得見之辭也○賢者不得志於衰世之下國而思盛際之顯王故其言如此而意遠矣

簡兮四章三章章四句一章六句舊三章章章

詩經卷二

六句今改定。○張子曰：爲祿仕而抱關
擊柝，則猶恭其職也。爲伶官，則雜於侏
儒俳優之間，不恭甚矣。其得謂之賢者，
雖其迹如此，而其中固有以過人，又能
卷而懷之，是亦可以
爲賢矣。東方朔似之。

○衍義輔氏曰：讀首
四句，便可見其思歸
之心。蓋與泉水日流
于衛而不息，此興体
中說得好者也。

毖音秘彼泉水，亦流于淇。有懷于衛，靡日不思。
叶新齎反孌音戀彼諸姬，聊與之謀。叶謨悲反○興
也。毖，泉始出之
貌。泉水，即今衛州共城之百泉也。淇水，出相
州林慮縣，東流，泉水自西北而東南來注之。
孌，好貌。諸姬，謂姪娣也。○衛女嫁於諸侯，父
母終，思歸寧而不得，故作此詩。言毖然之泉
水，亦流於淇矣；我之有懷於衛，則亦無日而
不思矣。是以即諸姬而與之謀爲歸衛之計。

○同劉安城曰夫人之嫁則有姪娣二人爲媵而同姓二國往媵之亦有姪娣皆謂之媵凡八人此所云諸姑伯姊豈八人之中亦有是夫姑姊輩行者乎

如下兩章之云也

○出宿于泲音濟飲餞音踐于禰音你女子有行遠去聲父母兄弟問我諸姑遂及伯姊叶將里反○賦也泲地名。飲餞者古之行者必有祖道之祭。祭畢處者送之飲於其側而後行也。禰亦地名。皆自衛來時所經之處也。諸姑伯姊即所謂諸姬也。○言始嫁來時則固已遠其父母兄弟矣。況今父母既終而復可歸哉。是以問於諸姑伯姊而謀其可否云耳。鄭氏曰國君夫人父母在則歸寧沒則使大夫寧於兄弟。

○出宿于干。叶居焉反飲餞于言載脂載舝。音轄叶下

温按異本衛字之下分註有此字與邁害叶今讀誤之九字

○行義鄭氏曰肥泉自衛而來所渡水故思此而長歎須漕自衛而來所經邑故又思之

介反還音旋車言邁遄市專反臻于衛不瑕有害賦也干言地名適衛所經之地也脂以脂膏塗其舝使滑澤也舝車軸也不駕則脫之設之而後行也還回旋也旋其嫁來之車也遄疾臻至也瑕何古音相近通用○言如是則其至衛疾矣然豈不害於義理乎疑之而不敢遂之辭也

○我思肥泉茲之永歎叶它涓反思須與漕叶徂侯反我心悠悠駕言出遊以寫我憂賦也肥泉水名須漕衛邑也悠悠思之長也寫除也○既不敢歸然其思衛地不能忘也安得出遊於彼而寫其憂哉

泉水四章章六句楊氏曰衛女思歸發乎情也其卒也不歸

○劉補云章内之言思起皆發乎情其謀而不敢歸皆止乎義衛女其知所以自克矣

止乎禮義也聖人著之於經以示後世使知適異國者父母終無歸寧之義則能自克者知所處矣

○行義范華陽曰關雎之化行則婦人能閑其君子主于家世則室家自宜而有不知其心者

出自北門[叶眉貧反]憂心殷殷終窶[音巨]且貧莫知我艱[叶居銀反]已焉哉[叶將其反下同]天實為之謂之何哉

比也北門背陽向陰殷殷憂也窶者貧而無以為禮也○衛之賢者處亂世事暗君不得其志故因出北門而賦以自比又歎其貧窶人莫知之而歸之於天也

○王事適我政事一埤[音毗]益我我入自外室人交徧讁[音責叶竹棘反]我已焉哉天實為之謂之

○刪補云叙其困而歸之天賢者可謂能自安矣

何哉。賦也。王事王命使爲之事也。適之也。政事其國之政事也。一猶皆也。埤厚。室家讁責也。○王事既適我矣。政事又一切以埤益我。其勞如此。而窶貧又甚。室人至無以自安。而交徧讁我。則其困於內外極矣。

○王事敦叶都回反我政事一埤遺去聲叶夷回反我我入自外室人交徧摧徂回反我已焉哉天實爲之謂之何哉。賦也。敦猶投擲也。遺加。摧沮也。

北門三章章七句。楊氏曰忠信重祿所以勸士也。衛之忠臣至於窶貧而莫知其艱則無勸士之道矣。仕之所以不得志也。先王視臣如手

○衍義云此詩三章下意當隔重見機去亂一边不可泥

○杜子美人日詩云元日到人日未有不陰時氷雪鶯難到春寒花較遲○蓋憂時亂也

足豈有以事投遺之而不知其艱哉然不擇事而安之無懟憾之辭知其無可奈何而歸之於天所以為忠臣也

北風其涼雨去聲雪其雱音滂惠而好去聲我攜手同行叶戶郎反其虛其邪音徐下同既亟只音紀且音疽下同

○比也北風寒涼之風也涼寒氣也雱雪盛貌惠愛行去也虛寬貌邪一作徐緩也亟急也只且語助辭○言北風雨雪以比國家危亂將至而氣象愁慘也故欲與其相好之人去而避之且曰是尚可以寬徐乎彼其禍亂之迫已甚而去不可不速矣

○北風其喈音皆叶居奚反雨雪其霏音非惠而好我

○衍義云朱子曰同行同歸猶賤者也同車則貴者亦去此是因同車遂生出此論殊不可以上二章爲賤者避亂以末一章爲貴者避亂

○刪補云國有亂徵而即速去可謂有見幾之哲矣

○衍義云首一章是未見而望之至下一章是既見而贈之厚靜々特淫奔者相稱美之辭非直閑雅也

攜手同歸。其虛其邪。既亟只且。比也。喈疾聲也。霏雨雪分散之狀。歸者去而不返之辭也。

○莫赤匪狐。莫黑匪烏。惠而好我。攜手同車。其虛其邪。既亟只且。比也。狐獸名。似犬黃赤色。烏鵶黑色。皆不祥之物。人所惡見者也。所見無非此物。則國將危亂可知。同行同歸猶賤者也。同車則貴者亦去矣。

北風三章，章六句

靜女其姝。音樞 俟我於城隅。愛而不見。搔音騷首

○同云問淫奔之人方欲與所悅又何取于閑雅朱子曰淫奔之人不知其爲可醜但見其可愛耳以女子而俟人于城隅安得謂之閑雅

○刪補云其相望切其相贈慇其相悅深而其爲俗則非矣

○衍義許東陽曰首章城隅末言自牧蓋不待俟于城隅抑且相逐至野矣

踟躕（音廚）○賦也。靜者閑雅之意。姝美色也。城隅幽僻之處。不見者期而不至也。踟躕猶躑躅也。此淫奔期會之詩也。

○靜女其孌貽我彤（音同）管（叶古兗反）彤管有煒（音偉）說（音悅）懌（音亦）女美。○賦也。孌好貌。於是則見之矣。彤管未詳何物。蓋相贈以結殷勤之意耳。煒赤貌。言既得此物而又悅懌此女之美也。

○自牧歸荑洵美且異匪女（音汝）之爲美美人之貽（與異同）○賦也。牧外野也。歸亦貽也。荑茅之始生者。洵信也。女指荑而言也。言靜女又贈我以荑而其荑亦美且異。然非此荑之爲美。特以美人之所贈故其物亦美耳。

○衍義謂臺山曰籧篨乃惡疾，宣公非有惡疾，國人惡其無禮義，亂人倫，故以惡疾目之。既無人道，亦非人形也。不能俯者籧篨之疾，證不能仰者戚施之疾，證非于此取義也

靜女三章章四句

新臺有泚音此河水瀰瀰音米燕婉之求籧篨音蒢音除不鮮斯淺反叶想止反○賦也。泚，鮮明也。瀰瀰，盛也。燕，安。婉，順也。籧篨，不能俯，疾之醜者也。蓋籧篨本竹席之名。人或編以爲囷，其狀如人之擁腫而不能俯者，故又因以名此疾也。鮮，少也。○舊說以爲衛宣公爲其子伋娶於齊，而聞其美，欲自娶之，乃作新臺於河上而要之。國人惡之，而作此詩以刺之。言齊女本求與伋爲燕婉之好，而反得宣公醜惡之人也。

○新臺有洒音璀叶先典反河水浼浼音每叶美辨反燕婉

○同云今按詩以新臺次靜女，見衛國淫亂之俗昔自宣公啓之。後世宋仁宗時，諫官不欲講新臺，仁宗謂聖人刪詩，義存勸戒，不當有避，可謂得古人之垂訓意者

○同云，披覽人每此以戒后世，宜有所懲矣。何楚平王納太子建妻，唐明皇納壽王妃，此三君者，其惡一也。其后宣公之子伋、壽皆爲所殺，惠公奔齊，子盜爲狄所滅，楚平王有鞭尸之禍，唐明皇變起漁陽，身竄西蜀，幾失天下，則知淫亂之禍，其報如此，可戒哉

○同云，此詩三章，雖有賦與興之別，要得言所得非所求意，言齊女之失所配，正以刺宣公之瀆倫也

○刪補云，始憂其見害，終疑其見害，皆國人含悲而不忍直言

之求，籧篨不殄。賦也。洒，高峻也。浼浼，平也。殄，絕也。言其病不已也。

○魚網之設，鴻則離之。燕婉之求，得此戚施。興也。鴻，鴈之大者。離，麗也。戚施，不能仰，亦醜疾也。○言設魚網而反得鴻，以興求燕婉而反得醜疾之人，所得非所求也。

新臺三章，章四句。凡宣姜事首尾，見春秋傳。然於詩則皆未有考也。諸篇放此。

二子乘舟，汎汎芳劒反其景。叶舉兩反願言思子，中心養養。賦也。二子，謂伋、壽也。乘舟，渡河如齊也。景，古影字。養養，猶漾漾，憂不知所

之意蓋伋尊父命壽篤兄節宜其動人傷悼之心也

○衍義陳定宇曰二子之死明矣猶內疑詞而不盡言以彰君惡詩人之厚也

○同云首章思之而心有憂下章思之而心有疑憂之疑之皆是國人思念之情此詩已知二子之被害猶不明言者爲君諱也然其詞隱而彰矣

定之貌○舊說以爲宣公納伋之妻是爲宣姜生壽及朔朔與宣姜愬伋於公公令伋之齊使賊先待於隘而殺之壽知之以告伋伋曰君命也不可以逃壽竊其節而先往賊殺之伋至曰君命殺我壽有何罪賊又殺之國人傷之而作是詩也

○二子乘舟汎汎其逝願言思子不瑕有害。

賦也逝往也不瑕疑辭義見泉水此則見其不歸而疑之之也

二子乘舟二章章四句

太史公曰余讀世家言至於宣公之子以婦見誅弟壽爭死以相讓此與晉太子申生不敢明驪姬之過同俱惡傷父之志然卒死亡何其悲也或父子相殺兄弟相戮亦獨何哉

〇衍義云二章意各上五句是自表其貞一之志下欲毋之不違其志也守義云者守一醮不改之義也奪奪其所守也共姜婦人從夫謚姜姓也

〇按共伯衛僖公之世子名餘共謚伯字以未成君故未稱爵位魯云觀詩父母欲奪而嫁之則共姜仍在本國當與共伯

邶十九篇七十二章三百六十三句

鄘一之四說見上篇

汎彼柏舟在彼中河髧音萏彼兩髦實維我儀叶牛何反之死矢靡他音拖母也天叶鐵因反只音紙下同不諒人只

興也中河中於河也髧髮垂貌兩髦者剪髮夾囟子事父母之飾親死然後去之此蓋指共伯也我共姜自我也儀匹之至矢誓靡無也只語助辭諒信也〇舊說以為衛世子共伯蚤死其妻共姜守義父母欲奪而嫁之故共姜作此以自誓言柏舟則在彼中河兩髦則實我之匹雖至於死誓無他心母之於我覆育之恩如天罔極而何其

未成配或然而未有據。
○删補云此共姜自守之心不以母而奪可謂賢矣
○衍義云共姜盡禮無慝心共姜守義無二心故一柏舟為鄘鄘之始
○衍義云左傳閔公二年惠公之即位也少齊人使昭伯烝于宣姜不可強之生齊子戴公文公宋桓夫人許穆夫人惠公即朔也昭伯宣公之長庶子伋之兄也以下淫於上曰烝

不諒我之心乎。不及父者，疑時獨母在，或非父意耳。

○汎彼柏舟，在彼河側。髧彼兩髦，實維我特。之死矢靡慝。音忒 母也天只，不諒人只。興也。特，亦匹也。慝，邪也。以是為慝，則其絕之甚矣。

柏舟二章章七句

牆有茨，不可埽也。叶蘇后反 中冓音姤 之言，不可道也。叶徒厚反 所可道也，言之醜也。興也。茨，蒺藜也。蔓生，細葉，子有三角，刺人。中冓，謂舍之交積材木也。道，言。醜，惡也。○舊說以為宣公卒，惠公幼，其庶兄頑

○同云三章下意皆然言以刺宣姜之惡各章俱四句分下是興其不可言下是推其所以不可言也

○同云下嘗攷戎夷單于賊其父而妻其母未聞中國有是也呂伯恭有云地華而人夷斯不旋踵而必有夷狄之禍傳曰有女戎必有男戎今宣姜媚穢闈甚女戎成矣然則狄人入衛厥有由哉

○刪補云詩人恥衛宮之事於不言乃所以深言之也

烝於宣姜故詩人作此詩以刺之言其閨中之事皆醜惡而不可言理或然也

○牆有茨不可襄也中冓之言不可詳也所可詳也言之長也

興也襄除也詳詳言之也言之長者不欲言而託以語長難竟也

○牆有茨不可束也中冓之言不可讀也所可讀也言之辱也

興也束束而去之也讀誦言也辱猶醜也

牆有茨三章章六句

楊氏曰公子頑通乎君母闈中之言至不可讀其汙甚矣聖人何取焉而著之於經也蓋自古淫亂之君自以為密

○衍義云周禮王后之首服爲副註云副之爲言覆所以覆首祭統曰夫人副笄立于東房副者翟之配笄簪也其端刻雞形懸簪于被以懸瑱者以玉加于笄以爲飾而飾必六故曰六珈即瑱也

於閨門之中世無得而知者故自肆而不反聖人所以著之於經使後世爲惡者知雖閨中之言亦無隱而不彰也其爲訓戒深矣

君子偕老副笄六珈 音加居河反 委委 音威 佗佗 音駝 如山如河象服是宜 叶牛何反 子之不淑云如之何

賦也君子夫也偕老言偕生而偕死也女子之生以身事人則當與之同生與之同死故夫死稱未亡人言亦待死而已不當復有他適之志也副祭服之首飾編髮爲之笄衡笄也垂于副之兩旁當耳其下以紞懸瑱珈之言加也以玉加於笄而爲飾也委委佗佗雍容自得之貌如山安重也如河弘廣也象服法度之服也淑善也○言夫人當與君

○華谷嚴氏曰此詩惟述夫人服飾之盛容貌之美不及淫亂之事但中閒有子之不淑一語而譏刺之意自見

子偕老故其服飾之盛如此而雍容自得安重寬廣又有以宜其象服今宣姜之不善乃如此雖有是服亦將如之何哉言不稱也

○衍義云翟雉名曰刻曰彩畫即今之刺繡也以其文象翟明故衣亦以名不屑髢者雖損之不用非以此爲不屑也

○玼音此兮玼兮其之翟叶去聲也鬒音軫髮如雲不屑髢音第也玉之瑱吐殿反也象之揥敕帝反也揚且之晳音錫叶征例反也胡然而天也胡然而帝也

賦也玼鮮盛貌翟衣祭服刻繒爲翟雉之形而彩畫之以爲飾也鬒黑也如雲言多而美也屑潔也髢髲髢也人少髮則以髲益之髮自美則不潔於髢而用之也瑱塞耳也象象骨也揥所以摘髮也揚眉上廣也且助語辭晳白也胡然而天胡然而帝言其

〇衍義孔氏曰葛之精者曰絺其精尤細靡者曰縐言細而緩縐

〇玉藻疏曰夏則中衣之上加葛葛上加當服即展衣也

服飾容貌之美見者驚猶鬼神也

〇瑳上聲兮瑳兮其之展音戰叶諸延反也蒙彼縐音縅絺是紲音屑袢音半叶汾乾反也子之清揚揚且之顔叶魚堅反也展如之人兮邦之媛音院叶于權反也此亦賦也

鮮盛貌展衣也以禮見於君及見賓客之服也蒙覆也縐絺之蹙蹙者當暑之服也紲袢束縛意以展衣蒙絺綌而為之紲袢所以自斂飭也或曰蒙謂加絺綌於褻衣之上所謂表而出之也清視清明也揚眉上廣也顔額角豐滿也展誠也美女曰媛見其徒有美色而無人君之德也

〇衍義云此詩總是刺宣姜之惡首章是泛舉夫人德服之相稱以刺之下二章是詳宣姜服容之盛以刺之一章其詞直二章其詞婉三章其詞緩詞愈緩而意愈嚴

删補云首章之次章之末情之辭益婉而刺之意益深矣

○行義云各章在四句分上是托言采物而興其所思之人下詳其相會送迎之情也以思字貫

君子偕老三章一章七句二章九句一章八句東萊呂氏曰首章之末云子之不淑云如之何責之也二章之末云胡然而天也胡然而帝也問之也三章之末云展如之人兮邦之媛也惜之也辭益婉而意益深矣

爰采唐矣沬音妹之鄉矣云誰之思美孟姜矣期我乎桑中叶諸良反要音腰我乎上宮叶居王反送我乎淇之上叶辰羊反矣賦也唐蒙菜也一名兔絲沬衛邑也書所謂妹邦者也孟長也姜齊女言貴族也桑中上宮淇上又沬鄉之中小地名也要猶迎也○衛俗淫

○白虎通云麥金也金王而生火王而死

○春秋定姒公羊穀梁作定弋

○衍義云按史記衛靈公之晋舍濮上夜聞琴聲召師涓聽而寫之至晋命涓為平公奏之師曠曰此師延靡靡之樂武王伐紂師延投濮水死故聞此聲必于濮水之上也師延紂樂師紂嘗使延作靡靡之樂

亂世族在位。相竊妻妾。故此人自言將采唐於沬而與其所思之人。相期會迎送如此也

○爰采麥叶訖力反矣。沬之北矣。云誰之思。美孟弋矣。期我乎桑中。要我乎上宮。送我乎淇之上矣。賦也。麥穀名。秋種夏熟者。弋春秋或作姒。蓋杞女夏后氏之後。亦貴族也。

○爰采葑矣。沬之東矣。云誰之思。美孟庸矣。期我乎桑中。要我乎上宮。送我乎淇之上矣。賦也。葑蔓菁也。庸未聞。疑亦貴族也

桑中三章章七句 樂記曰。鄭衛之音亂世之音也。比於慢矣

○刪補云此亡國之音也

○衍義云此詩二章俱以人不如物起興首章刺子頑之不善二章刺宣姜之不善蓋托爲惠公之言以刺之也

桑間濮上之音亡國之音也其政散其民流誣上行私而不可止也按桑間即此篇故小序亦用樂記之語

鶉音純之奔奔鵲之彊彊音姜人之無良我以爲兄叶虛王反

○興也鶉鶉屬奔奔彊彊居有常匹飛則相隨之貌人謂公子頑良善也○衛人刺宣姜與頑非匹耦而相從也故爲惠公之言以刺之曰人之無良鶉鵲之不若而我反以爲兄何哉

○鵲之彊彊鶉之奔奔叶逋珉反人之無良我以爲君

興也人謂宣姜君小君也

○刪補云上章刺頑下章刺宣姜見禽獸之不如也

○衍義云以上刺宣姜之一詩見衛爲狄所滅也之由故以定之方中繼之

鶉之奔奔二章章四句范氏曰宣姜之惡不可勝道也國人疾而刺之或遠言焉或切言焉遠言之者君子偕老是也切言之者鶉之奔奔是也衛詩至此而人道盡天理滅矣中國無以異於夷狄人類無以異於禽獸而國隨以亡矣胡氏曰楊時有言詩載此篇以見衛爲狄所滅之因也故在定之方中之前因以是說考於歷代凡淫亂者未有不至於殺身敗國而亡其家者然後知古詩垂戒之大而近世有獻議乞於經筵不以國風進講者殊失聖經之旨矣

定之方中作于楚宮揆之以日作于楚室

○衍義云首章正是追居楚丘作邑之事是一詩之主即詩傳所謂營立宮室也次章本其始是未營建以前事末章要其終是營建以後事此詩作于文公季年上二章皆追言之耳

○臬柱也
温按日下一本無之字

○管子修權篇云一年之計莫如樹穀十年之計莫如樹木

樹之榛栗椅(音醫)桐梓漆爰伐琴瑟。賦也。定北方之宿營室星也。此星昏而正中，夏正十月也。於是時可以營制宮室，故謂之營室。楚宮，楚丘之宮也。揆，度也。樹八尺之臬，而度其日出入之景，以定東西，又參日中之景，以正南北也。楚室，猶楚宮，互文以協韻耳。榛栗，二木，其實榛小栗大，皆可供籩實。椅，梓實桐皮。桐，梧桐也。梓，楸之踈理白色而生子者。漆木有液黏黑，可飾器物。四木皆琴瑟之材也。爰，於也。○衛爲狄所滅，文公徙居楚丘，營立宮室，國人悅之，而作是詩以美之。蘇氏曰：種木者求用於十年之後，其不求近功，凡此類也。

○升彼虛(音墟叶起呂反)矣以望楚矣望楚與堂景

〇大雅公劉篇云既景迺岡註云景考日景以正四方也岡登高以望也〇商頌殷武篇云陟彼景山松栢丸丸

山與京叶居良反降觀于桑卜云其吉終焉允臧

賦也虚故城也楚楚丘也堂楚丘之旁邑也景測景以正方面也與既景迺岡之景同或曰景山名見商頌京高丘也桑木名葉可飼蠶者觀之以察其土宜也允信臧善也〇此章本其始之望景觀卜而言以至於終而果獲其善也

〇靈雨既零命彼倌音官人星言夙駕說音稅于桑田叶徒因反匪直也人秉心塞淵叶一均反騋牝三千叶倉新反

〇賦也靈善零落也倌人主駕者也星見星也說舍止也秉操塞實淵深也馬七尺以上為騋〇言方春時雨既降而農桑之務作文公於是命主駕者晨起

〇衍義云按春秋傳文公之在衛也齊忘桓公之德而伐其喪于邢兼同姓之親而滅其國楚子伐宋而不能救大王居鄭而不能救毋乃塞淵之心秉彝之未泯歟

〇訓補云首言其營建而及禮樂之觀次言慎于立國之事末則推其立心之善而成富庶之效也

〇禮記曲禮下云問國君之富數地以對山澤之所出

〇左傳閔公二年冬十二月狄人伐衛衛懿公好鶴鶴有乘軒者將戰國人受甲者皆曰使鶴鶴實有祿位余焉能戰云云戰于熒澤衛師敗績遂滅衛

駕車以往而勞勸之然非獨此人所以操其心者誠實而淵深也蓋其所畜之馬七尺而牝者亦已至於三千之衆矣蓋人操心誠實而淵深則無所爲而不成其致此富盛宜矣記曰問國君之富數馬以對今言騋牝之衆如此則生息之蕃可見而衞國之富亦可知矣此章又要其終而言也

定之方中三章章七句

按春秋傳衞懿公九年冬狄入衞懿公及狄人戰于熒澤而敗死焉宋桓公迎衞之遺民渡河而南立宣姜子申以廬於漕是爲戴公是年卒立其弟燬是爲文公於是齊桓公合諸侯以城楚丘而遷衞焉文公大布之衣大帛之冠務材訓農通商惠工敬教勸學授方

○衍義云此詩首二章喻淫奔之行而指其違乎禮末章述淫奔之欲而斥其滅乎禮

任能。元年革車三十乘。季年乃三百乘。

蝃音帝蝀音凍在東莫之敢指女子有行遠去聲父母兄弟

比也。蝃蝀，虹也。日與雨交，倏然成質。似有血氣之類，乃陰陽之氣不當交而交者，蓋天地之淫氣也。在東者莫虹也。虹隨日所映，故朝西而莫東也。○此刺淫奔之詩。言蝃蝀在東而人不敢指，以比淫奔之惡人不可道。況女子有行，又當遠其父母兄弟。豈可不顧此而冒行乎。

○朝隮音賫于西崇朝其雨女子有行遠兄弟父母

叶滿補反。○比也。隮，升也。周禮十煇九曰隮，注以爲虹，蓋忽然而見，如自下而

○劉補云前二章言女子之有行末章言其違信而悖理也

升也。崇、終也。從旦至食時爲終朝。言方雨而虹見、則其雨終朝而止矣。蓋淫慝之氣有害於陰陽之和也。今俗謂虹能截雨、信然。

○乃如之人也、懷昏姻也。大無信叶斯人反也、不知命也。叶彌并反

賦也。乃如之人、指淫奔者而言。婚姻、謂男女之欲。程子曰、女子以不自失爲信。命、正理也。○言此淫奔之人、但知思念男女之欲、是不能自守其貞信之節、而不知天理之正也。程子曰、人雖不能無欲、然當有以制之。無以制之而惟欲之從、則人道廢而入於禽獸矣。以道制欲、則能順命。

蝃蝀三章、章四句

○衍義云此詩刺無禮遜是泛説不必直指在位二三章亦意只是反覆譏刺甚言人不如物之意而以有無二字相呼爲興

○劉補云皆甚言無儀之不可也

相去聲鼠有皮叶蒲何反人而無儀叶牛何反人而無儀不死何爲叶吾何反○興也相視也鼠蟲之可賤惡者○言視彼鼠而猶必有皮可以人而無儀乎人而無儀則其不死亦何爲哉

○相鼠有齒人而無止人而無止不死何俟叶羽已反又音始○興也止容止也俟待也

○相鼠有體人而無禮人而無禮胡不遄死叶想止反○興也體支體也遄速也

相鼠三章章四句

○小序云干旄美好善也衛文公臣子多好善賢者樂告以善道也

○衍義云此詩重在見賢上三章一意無淺深

孑孑音結干旄在浚音峻之郊叶音高素絲紕音避之良馬四之彼姝音樞者子何以畀音庇之○賦也。孑孑特出之貌。干旄以旄牛尾注於旗干之首而建之車後也。浚衛邑名。邑外謂之郊。紕織組也。蓋以素絲織組而維之也。四之兩服兩驂。凡四馬以載之也。姝美也。子指所見之人也。畀與也。○言衛大夫乘此車馬建此旌旄以見賢者。彼其所見之賢者將何以畀之而答其禮意之勤乎。

○孑孑干旟在浚之都素絲組音祖之良馬五之彼姝者子何以予音與之○賦也。旟州里所建鳥隼之旗也。上設

○刪補云皆誇其下賢之禮而擬賢人所答之意也

○孟子告子下篇云然後知生於憂患而死於安樂也

旌旄其下繫斿斿下屬縿皆畫爲隼也下邑曰都五之五馬言其盛也

○孑孑干旌在浚之城素絲祝之良馬六之彼姝者子何以告之音谷

賦也析羽爲旌干旟蓋析翟羽設於旗干之首也城都城也祝屬也六之六馬極其盛而言也

干旄三章章六句

此上三詩小序皆以爲文公時詩蓋見其列於定中載馳之間故爾他無所考也然衛本以淫亂無禮不樂善道而亡其國今破滅之餘人心危懼正其有以懲創往事而興起善端之時也故其爲詩如此蓋所謂生於憂患死於安樂者小序之言疑亦有所本云

○衍義云宣姜之者一則奔走赴難以盡惻怛之情二則多方所謀者爲興復之計此周旋反之初心必至其地而后庶幾得以自慰者也

載馳載驅叶祛尤反歸唁衛侯驅馬悠悠言至於漕叶徂侯反大夫跋涉我心則憂賦也載則也弔失國曰唁悠悠遠而未至之貌草行曰跋水行曰涉○宣姜之女爲許穆公夫人閔衛之亡馳驅而歸將以唁衛侯於漕邑未至而許之大夫有奔走跋涉而來者夫人知其必將以不可歸之義來告故心以爲憂也既而終不果歸乃作此詩以自言其意爾

○既不我嘉不能旋反視爾不臧我思不遠賦也既不我嘉不能旋濟視爾不臧我思不閟賦也嘉臧皆善也遠猶忘也濟渡也自許歸衛必有所渡之水也閟閉也止也言思之不止也

○言大夫既至而果不以我歸爲善則我亦不能旋反而濟以至於衛矣雖視爾不以我爲善然我之所思終不能自已也

○陟彼阿丘言采其蝱音盲叶謨郎反女子善懷亦各有行叶戶郎反許人尤之衆穉音雉且狂賦也偏高曰阿丘蝱貝母也主療鬱結之疾善懷多憂思也猶漢書云岸善崩也行道也尤過也○又言以其既不適衛而思終不止也故其在塗或升高以舒憂想之情或采蝱以療鬱結之疾蓋女子所以善懷者亦各有道而許國之衆人以爲過則亦少不更事而狂妄之人爾許人守禮非穉且狂也但以其不知己情之切至而言若是爾然而卒不敢違焉則亦豈眞以

○前漢書溝洫志云引洛水至商顏下岸善崩

○衍義云此詩不得歸衛而作乃託言以見意非實事也捻見他例于義而不忘乎情

○刪補云：首章言欲歸唁而慮其見阻，下三章則因見阻而陳切于憂也。許夫人其亦知以義制情者矣。

○左傳襄公四年云：無終子嘉父使孟樂如晉，因魏莊子納虎豹之皮以請和諸戎。

爲稺且狂哉。

○我行其野，芃芃音蓬其麥。叶訖力反控于大邦，誰因誰極。大夫君子，無我有尤。叶于其反百爾所思，叶新齋反不如我所之。賦也。芃芃，麥盛長貌。控，持而告之也。因，如因魏莊子之因。極，至也。大夫，即跋涉之大夫。君子，謂許國之衆人也。○又言歸途在野而涉芃芃之麥，又自傷許國之小而力不能救，故思欲爲之控告于大邦，而又未知其將何所因而何所至乎。大夫君子無以我爲有過，雖爾所以處此百方，然不如使我得自盡其心之爲愈也。

載馳四章，二章章六句，二章章八句。事見

〇左傳閔公二年
〇左傳襄公十九年云穆叔如晉見叔向賦載馳之四章

春秋傳說此詩五章一章六句二章三章四句四章六句五章八句蘇氏合二章三章以爲一章按春秋傳叔孫豹賦載馳之四章而取其控于大邦誰因誰極之意與蘇說合今從之范氏曰先王制禮父母沒則不得歸寧者義也雖國滅君死不得往赴焉義重於亡故也

鄘國十篇二十九章百七十六句

衛一之五

瞻彼淇奧音與郁同綠竹猗猗音醫於何反有匪君子如切如磋平聲如琢如磨瑟兮僩音限兮赫兮咺

○後漢書寇恂傳云伐淇園之竹爲矢云云

○衍義云武公名和僖侯子共伯弟按衛世家武公四十二年將兵平戎有功周平王命武公爲公則是衛本侯爵及作相爲三公此小序以爲入爲相周也

况晚反

兮有匪君子終不可諼音喧叶况遠反兮。興也。淇水名。奧隈也。綠色也。淇上多竹。漢世猶然。所謂淇園之竹是也。猗猗始生柔弱而美盛也。匪斐通。文章著見之貌也。君子指武公也。治骨角者既切以刀斧。而復磋以鑢鐋。治玉石者既琢以槌鑿。而復磨以沙石。言其德之脩飭。有進而無已也。瑟矜莊貌。僩威嚴貌。咺宣著貌。諼忘也。○衛人美武公之德。而以綠竹始生之美盛。興其學問自脩之進益也。大學傳曰。如切如磋者。道學也。如琢如磨者。自脩也。瑟兮僩兮者。恂慄也。赫兮咺兮者。威儀也。有斐君子。終不可諼兮者。道盛德至善。民之不能忘也。

○瞻彼淇奧綠竹青青音精有匪君子充耳琇

詩經卷二　三十三

○衍義云此詩三平香雖有進盛尊嚴成就之別然無淺深及漸進之意捴是美其德而拄興以詠歌之也

瑩營音會儈音弁如星。瑟兮僴兮，赫兮咺兮。有匪君子，終不可諼兮。興也。青青，堅剛茂盛之貌。充耳，瑱也。琇瑩，美石也。天子玉瑱，諸侯以石。會，縫也。弁，皮弁也。以玉飾皮弁之縫中，如星之明也。○以竹之堅剛茂盛，興其服飾之尊嚴，而見其德之稱也。

○瞻彼淇奧，綠竹如簀。音責，叶側歷反。有匪君子，如金如錫，如圭如璧。寬兮綽兮，猗倚音重平聲較音角兮。善戲謔兮，不爲虐兮。興也。簀，棧也。竹之密比似之，則盛之至也。金錫，言其鍛鍊之精純。圭璧，言其生質之溫潤。寬，宏裕也。綽，開大也。猗，歎辭也。重較，卿士

○刪補云首言脩德而徵于容次言成德而見于服末言成德而幾于化此武公之所以爲睿聖也

之車也。較兩輢上出軾者謂車兩傍也。善戲謔不爲虐者言其樂易而有節也。○以竹之至盛興其德之成就而又言其寬廣而自如和易而中節也。蓋寬綽無斂束之意戲謔非莊厲之時皆常情所忽而易致過差之地也然猶可觀而必有節焉則其動容周旋之間無適而非禮亦可見矣禮曰張而不弛文武不能也弛而不張文武不爲也。一張一弛文武之道也。此之謂也

淇奧三章章九句

按國語武公年九十有五。猶箴儆于國曰自卿以下至于師長士苟在朝者無謂我老耄而舍我必恪恭於朝以交戒我遂作懿戒之詩以自警而賓之初筵亦武公悔過之作則其有文章而能聽規

諫以禮自防也可知矣備之他君蓋無足以及此者故序以此詩爲美武公而今從之也

考槃在澗叶居賢反碩人之寛叶區權反獨寐寤言永矢弗諼音喧○賦也考成也槃盤桓之意言成其隱處之室也陳氏曰考扣也槃器名蓋扣之以節歌如鼓盆拊缶之爲樂也二説未知孰是山夾水曰澗碩大寛廣永長矢誓諼忘也○詩人美賢者隱處澗谷之間而碩大寛廣無戚戚之意雖獨寐而寤言猶自誓其不忘此樂也

○衍義云此詩通作詩人美賢者之詞各首二句言隱居而樂下皆言其所樂之眞也但各末句意義亦異一章其志堅非僞爲也二章其願足若將終身也三章其樂深不求人知也捴是見其所樂之眞耳

○考槃在阿碩人之薖音科獨寐寤歌永矢弗

○同云昌黎所謂終吾生以徜徉此終字即永字意
○李太白獨酌詩云但得醉中趣勿與醒者傳即弗告意

○黃山谷詩云晨雞催不起擁被聽松風

○删補云歷叙賢者之樂又于其獨處而見樂之真也

過音戈○賦也。曲陵曰阿。適義未詳。或云亦寛大之意也。永矢弗過。自誓所願不踰於此。若將終身之意也。

○考槃在陸。碩人之軸。獨寐寤宿。永矢弗告。

陸音谷○賦也。高平曰陸。軸盤桓不行之意。寤宿已覺而猶卧也。弗告者不以此樂告人也。

考槃三章章四句

碩人其頎。音祈衣去聲錦褧音頻衣。齊侯之子。衛侯之妻。東宮之妹。邢侯之姨。譚公維私。○賦也。碩人指莊姜也。頎長貌。錦文衣也。褧襌也。錦衣而加褧焉。爲其文之太著也。東宮太子所居之宮。齊

○左傳隱公三年云
衛莊公娶于齊東宮
得臣之妹曰莊姜美
而無子衛人所爲賦
碩人也

女子得臣也繫太子言之者明與同母言所
生之貴也女子後生曰妹妻之姊妹曰姨姊
妹之夫曰私邢侯譚公皆莊姜姊妹之夫互
言之也諸侯之女嫁於諸侯則尊同以壓言
之○莊姜事見邶風綠衣等篇春秋實曰莊
姜美而無子衛人爲之賦碩人卽謂此詩而
其首章極稱其族類之貴以見其爲正嫡
小君所宜親厚而重歎莊公之昏惑也
○手如柔荑音啼膚如凝脂領如蝤音囚蠐音齊齒
如瓠音互犀螓音秦首蛾眉巧笑倩兮美目盼叶匹
見反兮賦也茅之始生曰荑言柔而白也凝脂
脂寒而凝者亦言白也領頸也蝤蠐木
蟲之白而長者瓠犀瓠中之子方正潔白而
比次整齊也螓如蟬而小其額廣而方正蛾

○衍義云一章言族類之貴二章言容貌之美三章言其始特親厚之情末章言其始特禮義咸盛此皆猜八所易見者刺莊公之昏惑而不知耳莊公昏惑最于言外見之

温按鑣々下一本有表驕反叶音褒六字

螓蛾也其眉細而長曲倩口輔之美也盼黑白分明也○此章言其容貌之美猶前章之意也。

○碩人敖敖音翱説音稅于農郊叶音高四牡有驕音驕叶音高朱幩鑣鑣音標翟茀音弗以朝音潮叶直豪反大夫夙退無使君勞

賦也。敖敖長貌。説舍也。農郊近郊也。四牡車之四馬。驕壯貌。幩鑣飾也。鑣者馬銜外鐵。人君以朱纏之也。鑣鑣盛也。翟翟車也。夫人以翟羽飾車。茀蔽也。婦人之車前後設蔽。夙早也。玉藻曰君日出而視朝。退適路寢聽政。使人視大夫。大夫退然後適小寢釋服。○此言莊姜自齊來嫁舍止近郊乘是車馬之盛以入君之

○刪補云其分之貴色之美嫁來可喜之情以及大邦之勝嫁儀之備皆見情厚而莊公不然其昏惑甚矣

朝國人樂得以爲莊公之配故謂諸大夫朝於君者宜早退無使君勞於政事不得與夫人相親而歎今之不然也。

○河水洋洋北流活活。音括叶戶劣反施罛音孤濊濊呼活反叶許月反鱣音邅鮪音洧發發音撥叶方月反葭音加菼他覽反揭揭音孑庶姜孼孼庶士有朅音挈○賦也河在齊西衛東北流入海洋洋盛大皃活活流皃施設也罛魚罟也濊濊罟入水聲也鱣魚似龍黃色鋭頭口在頷下背上腹下皆有甲大者千餘斤鮪似鱣而小色青黒發發盛皃菼薍也亦謂之荻揭揭長也。庶姜謂姪娣孼孼盛飾也庶士謂媵臣朅武皃。○言齊地廣饒而夫人

〇衍義傚孜曰首章不用父母之命而尚要之以媒妁之言可見其私奔苟合之情

之來上女從必禮儀備如此亦首章之意也

氓之蚩蚩(音癡)抱布貿絲(叶新齎反)匪來貿絲來即我謀(叶謨悲反)送子涉淇至于頓丘(叶祛奇反)匪我愆期子無良媒(叶謨悲反)將(音鏘)子無怒秋以爲期

賦也。氓民也。蓋男子而不知其誰何之稱也。蚩蚩。無知之貌。蓋怨而鄙之也。布幣。貿買也。貿絲蓋初夏之時也。頓丘地名。愆過也。將願也。請也。此淫婦爲人所棄而自叙其事以道其悔恨之意也。夫既與之謀而不遂往又責所無以難其事再爲之約以堅其志此其

○刪補云前一章追敘初奔之事不詳其被棄而悔恨之深也

○衍義云首章約奔情次章遂奔皆述其初奔時事以起下悔恨之端

計亦狡矣以御蚩蚩之氓宜其有餘而不免於見棄蓋一失其身人所賤惡始雖以欲而迷後必以時而悟是以無往而不困耳士君子立身一敗而萬事瓦裂者何以異此可不戒哉

○乘彼垝音鬼垣音袁以望復關叶圭員反不見復關泣涕漣漣音連既見復關載笑載言爾卜爾筮體無咎言以爾車來以我賄呼罪反遷賦也垝毀垣牆也復關男子之所居也不敢顯言其人故託言之耳龜曰卜蓍曰筮體兆卦之體也賄財遷徙也○與之期矣故及期而乘垝垣以望之既見之矣於是問其卜筮所得卦兆之體

○三章悔奔爲責己之意

若無凶咎之言，則以爾之車來迎，當以我之賄往遷也。

○桑之未落，其葉沃若。于（音吁，下同）嗟鳩兮，無食桑葚（音甚，叶知林反）。于嗟女兮，無與士耽（叶持林反）。士之耽兮，猶可說也。女之耽兮，不可說也。

比而興也。沃若，潤澤貌。鳩，鶻鳩也，似山雀而小，短尾，青黑色，多聲。葚，桑實也。鳩食葚多則致醉。耽，相樂也。說，解也。○言桑之潤澤，以比己之容色光麗。然又念其不可恃此而從欲忘反，故遂戒鳩無食桑葚，以興下句戒女無與士耽也。士猶可說，而女不可說者，婦人被棄之後，深自愧悔之辭。主言婦人無外事，唯以貞信爲節，一失其正，則餘無足觀爾。不可便謂士之耽惑

○四章被棄在家而怨之深

○五章被棄歸家而怨與悔俱其

實無所妨也

○桑之落矣其黃而隕（叶于貧反）自我徂爾三歲食貧淇水湯湯（音傷）漸（音尖）車帷裳女也不爽（叶師莊反）士貳其行（去聲叶戶郎反）士也罔極二三其德（比也）

隕落徂往也湯湯水盛貌漸漬也帷裳車飾亦名童容婦人之車則有之爽差極至也○言桑之黃落以比己之容色凋謝遂言自我往之爾家而值爾之貧於是見棄復乘車而渡水以歸復自言其過不在此而在彼也

○三歲為婦靡室勞矣夙興夜寐靡有朝（叶直

豪反矣言既遂矣至于暴矣兄弟不知咥音戲其笑矣叶音燥靜言思之躬自悼矣賦也靡不夙早興起也咥笑貌○言我三歲為婦盡心竭力不以室家之務為勞早起夜臥無有朝旦之暇與爾始相謀約之言既遂而爾遽以暴戾加我兄弟見我之歸不知其然但咥然其笑而已蓋淫奔從人不為兄弟所齒故其見棄而歸亦不為兄弟所恤理固有必然者亦何所歸咎哉但自痛悼而已

○及爾偕老老使我怨淇則有岸叶魚戰反隰則有泮音畔叶匹見反總角之宴言笑晏晏叶伊佃反信誓

○六章思其始終而追悔之無及也此詩之怒其詞隱蓋其物不以正故耳

○行義云詩結髮爲飾謂結其髮爲兩角也

○左傳襄公二十五年云君子之行思其終也思其復也云詩思使終可成思其可復行

旦旦叶得絹反不思其反叶孚絢反反是不思叶新齎反亦已焉哉叶將黎反○賦而興也及與也泮涯也高下之判也總角女子未許嫁則未笄但結髮爲飾也晏晏和柔也旦旦明也○言我與汝本期偕老不知老而見棄如此徒使我怨也淇則有岸矣隰則有泮矣而我總角之時與爾宴樂言笑成此信誓曾不思其反復以至於此也此則興也既不思其反復而至此矣則亦如之何哉亦已而已矣傳曰思其終也思其復也思其反之謂也

氓六章章十句

籊籊音笛竹竿以釣于淇豈不爾思遠莫致之

○衍義云四章總是欲歸衛而不得歸之情也
○刪補云思歸不遂而憂致發嘆衛女其知以義自制者矣

○衍義云女子有行二句凡三見之其義各異當隨題斟酌

○同云淇水二句與上章文同意異蓋此即二水之可樂而不得樂其樂故曰恨不得也

賦也。籊籊，長而殺也。竹，衛物。淇，衛地也。○衛女嫁於諸侯，思歸寧而不可得，故作此詩。言思以竹竿釣于淇水，而遠不可至也。

○泉源在左，淇水在右。叶羽軌反 女子有行，遠去聲兄弟父母。叶滿彼反 ○賦也。泉源，即百泉也，在衛之西北，而東南流入淇，故曰在左。淇在衛之西南，而東流與泉源合，故曰在右。○思二水之在衛，而自歎其不如也。

○淇水在右，泉源在左。巧笑之瑳，差上聲 佩玉之儺。乃可反 ○賦也。瑳，鮮白色，笑而見齒，其色瑳然，猶所謂粲然皆笑也。儺，行有度也。○承上章，言二水在衛，而自恨其不得笑語遊戲於其間也。

○同云此章切宗國之思而嘆不得以舒其情也末二句有思難得遂之意

○淇水滺滺音由檜楫松舟駕言出遊以寫我憂 賦也滺滺流貌檜木名似柏楫所以行舟也 ○與泉水之卒章同意

竹竿四章章四句

○輯補云此刺童子之蹢等也言弱草而有枝則根不稱其末與幼者而佩成人之物則年不稱其服故雖佩觿而其才能不足以知于我也

芄音丸蘭之支童子佩觿音畦雖則佩觿能不我知容兮遂兮垂帶悸兮其季反 興也芄蘭草一名蘿摩蔓生斷之有白汁可啖支枝同觿錐也以象骨爲之所以解結成人之佩非童子之飾也知猶智也言其才能不足以知於我也容遂舒緩放肆之貌悸帶下垂之貌

○小序云芄蘭刺惠公也驕而無禮大夫刺之 朱註云此詩不可考當闕

○音釋云闓與開同朱極三儀禮大射註極猶放也所以韜指利放弦也以朱韋爲之三者食指將指無名指也

○芄蘭之葉童子佩韘雖則佩韘能不我甲

〇衍義云朱極三以赤色之皮爲之故言朱極三極猶放所以韜指利放弦也三綱食指將指無名指也彄音樞沓冒也包也

〇刪補云童子妄佩而才無以稱之此所以可刺也

容兮遂兮，垂帶悸兮。韘，決也。以象骨爲之，著右手大指，所以鉤弦闓體。鄭氏曰：沓也，即大射所謂朱極三是也。以朱韋爲之，用以彄沓右手食指將指無名指也。甲，長也。言其才能不足以長於我也。

芄蘭二章章六句

此詩不知所謂，不敢強解。

〇衍義云衛都朝歌在河北宋都睢陽在河南自衛適宋必涉河故云然

〇同輯曰父乃祖之遺体嗣君承父之重是與祖爲一体也

誰謂河廣，一葦音偉杭之。誰謂宋遠，跂音企予望之。叶武方反

賦也。葦，蒹葭之屬。杭，度也。衛在河北，宋在河南。○宣姜之女爲宋桓公夫人，生襄公而出歸于衛。襄公即位，夫人思之，而義不可往。蓋嗣君承父之重，與祖爲體，母出與廟絕，不可以私反，故作此詩。言誰謂河廣乎，但以一葦加之，則可以渡矣。誰謂宋國

毋出則與父祖廟絕
故不可以私返
○衍義云二章下意
只言非河之廣而不
可渡非宋之遠而不
可至則義不可往之
意已隱然見乎言語
之外
○删補云有易往之
勢而無可往之理蓋
毋出與廟絕不可私
反此夫人之所以自
審也

遠乎。但一跂足而望則可以見矣。明非宋
遠而不可至也。乃義不可而不得往耳。
○誰謂河廣。曾不容刀。誰謂宋遠。曾不崇朝
賦也。小船曰刀。不容刀。言小也。
崇終也。行不終朝而至。言近也。
河廣二章章四句
范氏曰。夫人之不往。
義也。天下豈有無母
之人歟。有千乘之國。而不得養其母。則
人之不幸也。爲襄公者。將若之何。生則
致其孝。沒則盡其禮而已。衛有婦人之
詩。自共姜至於襄公之母。六人焉。皆止
於禮義。而不敢過也。夫以衛之政教淫
僻。風俗傷敗。然而女子乃有知禮而畏
義如此者。則以先王
之化猶有存焉故也。

○六人共姜。莊姜。許穆夫人。宋桓夫人。泉水之女。竹竿之女也

○衍義云首章分上是敘夫從役之事還未說出情來下皆歷道在己思念之情以首章爲主下皆於此言之

○戰國策云晉豫讓曰士爲知己者死女爲悅己者容

伯兮朅音挈兮邦之桀兮伯也執殳音殊爲去聲王前驅。○賦也。伯婦人目其夫之字也。朅武貌。桀才過人也。殳長丈二而無刃。○婦人以夫久從征役而作是詩。言其君子之才之美如是。今方執殳而爲王前驅也。

○自伯之東首如飛蓬豈無膏沐誰適音的爲容。○賦也。蓬草名。其華如柳絮聚而飛如亂髮也。膏所以澤髮者。沐滌首去垢也。適主也。○言我髮亂如此非無膏沐可以爲容所以不爲者君子行役無所主而爲之故也。傳曰女爲說己容。

○其雨其雨杲杲古老反出日願言思伯甘心

○衍義云。諼訓忘。非草名。朱註以諼草爲合歡。亦本註疏。合歡見本草木部。萱草係草部。原是兩種。

首疾。比也。其者。冀其將然之詞。○冀其將雨而杲然日出。以比望其君子之歸而不歸也。是以不堪憂思之苦而寧。甘心於首疾也。

○焉音煙得諼音萱草。言樹之背。音佩願言思伯。使我心痗。音妹○賦也。諼忘也。諼草合歡。食之令人忘憂者。背北堂也。痗病也。○言焉得忘憂之草。樹之北堂。以忘吾憂乎。然終不忍忘也。是以寧不求此草。而但願言思伯。雖至於心痗而不辭爾。心痗則其病益深。非特首疾而已也。

伯兮四章章四句范氏曰。居而相離則思。期而不至則憂。此人之情也。文王之遣戍役。周公之勞歸士。皆叙其室家之情男女之思以閔之。

○刪補云首敘其行役之事下歷道其憂思以漸而深也

故其民悅而忘死聖人能通天下之志是以能成天下之務兵者毒民於死者也孤人之子寡人之妻傷天地之和召水旱之災故聖王重之如不得已而行則告以歸期念其勤勞哀傷慘怛不啻在己是以治世之詩則言其君上閔恤之情亂世之詩則錄其室家怨思之苦以為人情不出乎此也

○衍義云此詩三章各上二句喻人之有所託下二句言己之有所愛也此是託言之比言狐則言鰥夫也不可用鰥夫二字出有狐獨行喻鰥夫無匹之意至憂其無裳

有狐綏綏、在彼淇梁。心之憂矣、之子無裳。比也。

狐者妖媚之獸。綏綏獨行求匹之貌。石絕水曰梁。在梁則可以裳矣。○國亂民散喪其妃耦有寡婦見鰥夫而欲嫁之故託言有狐獨行而憂其無裳也。

○有狐綏綏、在彼淇厲。心之憂矣、之子無帶。

無帶無服則欲嫁之意亦可知矣○刪補云托物之求匹而致欲嫁之意民情可知矣

○衍義云三章一意揔是屢喻贈答之厚惟欲以久其情意○同云瓊琚美玉也瑕處佩中所以貫瓊琚而上繫於珩下維璜衝牙者也

叶丁計反○比也。厲深水可涉處也。帶所以申束衣也。在厲則可以帶矣。

○有狐綏綏在彼淇側心之憂矣之子無服叶蒲北反○比也。濟乎水則可以服矣。

有狐三章章四句

投我以木瓜叶攻乎反報之以瓊琚音居匪報也永以爲好也去聲○比也。木瓜楙木也。實如小瓜酢可食。瓊玉之美者。琚佩玉名。○言人有贈我以微物我當報之以重寳。而猶未足以爲報也。但欲其長以爲好而不忘耳。疑亦男女相贈答之辭。如靜女之類。

○投我以木桃報之以瓊瑤匪報也永以爲

○劉補云重報而表其情其用意厚而俗則未必美也

好也。比也。瓊瑤，美玉也。

○投我以木李，報之以瓊玖。音久，叶舉里反。匪報也，永以爲好也。比也。玖，亦玉名也。

木瓜三章章四句

衛國十篇三十四章二百三句 張子曰：衛國地濱大河，其地土薄，故其人氣輕浮；其地平下，故其人質柔弱；其地肥饒，不費耕耨，故其人心怠惰。其人情性如此，則其聲音亦淫靡，故聞其樂，使人懈慢而有邪僻之心也。鄭詩放此。

○音釋云漸入也戲驪山下地名東萊先生云成周乃東都總名河南成周之王城也洛陽成周之下都也東迁之後所謂西周者豊鎬東周者東都也威烈王之後所謂西周者河南東周者洛陽也

○衍義云三章一意無淺深

王一之六

王謂周東都洛邑王城畿内方六百里之地在禹貢豫州太華外方之間北得河陽漸冀州之南也周室之初文王居豐武王居鎬至成王周公始營洛邑爲時會諸侯之所以其土中四方來者道里均故也自是謂豐鎬爲西都而洛邑爲東都至幽王嬖褒姒生伯服廢申后及太子宜臼宜臼奔申申侯怒與犬戎攻宗周弑幽王于戲晉文侯鄭武公迎宜臼于申而立之是爲平王徙居東都王城於是王室遂卑與諸侯無異故其詩不爲雅而爲風然其王號未替也故不曰周而曰王其地則今河南府及懷孟等州是也

彼黍離離彼稷之苗行邁靡靡中心搖搖知

○同云、昔箕子封朝鮮之後朝周、過故殷墟、宮室盡爲禾黍、乃作麥秀之詩、意與此同。

○同云悠悠蒼天即胡原傳所謂極呼人歟

○録疑云幽王之詩曰赫赫宗周褒姒滅之、則詩人之怨有所歸矣。

我者謂我心憂、不知我者謂我何求。悠悠蒼天、叶鐵因反此何人哉。賦而興也。黍、穀名。苗似蘆、高丈餘、穗黑色、實圓重。離離、垂貌。稷、亦穀也。一名穄、似黍而小、或曰粟也。邁、行也。靡靡、猶遲遲也。搖搖、無所定也。悠悠、遠貌。蒼天者、據遠而視之、蒼蒼然也。○周既東遷、大夫行役至于宗周、過故宗廟宮室、盡爲禾黍、閔周室之顚覆、彷徨不忍去、故賦其所見黍之離離、與稷之苗、以興行之靡靡、心之搖搖。既歎時人莫識己意、又傷所以致此者果何人哉。追怨之深也。

○彼黍離離、彼稷之穗。音遂行邁靡靡、中心如醉。知我者謂我心憂、不知我者謂我何求。悠

○刪補云乃重致憫周之意而深惜傾周之人以是見大夫之感深而周室之所以日降而卒無挽也

悠蒼天此何人哉 賦而興也。穗秀也。稷穗下垂。如心之醉。故以起興。

○彼黍離離彼稷之實行邁靡靡中心如噎 音咽叶於悉反 知我者謂我心憂不知我者謂我何求悠悠蒼天此何人哉 賦而興也。噎憂深不能喘息如噎之然。稷之實如心之噎。故以起興。

黍離三章章十句 元城劉氏曰常人之情於憂樂之事初遇之則其心變焉次遇之則其變少衰三遇之則其心如常矣至於君子忠厚之情則不然其行役往來固非一見也初見稷之苗矣又見稷之穗矣又見稷之

○衍義云此詩首章言久役因感物而興于思次章言久役因感物而切于思二章意但下章思之加切耳

○埤雅云羊性畏露晚出而早歸常先於牛也

○衍義云大抵行役者多飢渴之苦如采薇章兩言飢渴蓋行役者之常也

實矣而所感之心終始如一不少變而愈深此則詩人之意也

君子于役不知其期曷至哉叶將黎反雞棲于塒音時日之夕矣羊牛下來叶陵之反君子于役如之何勿思叶新齎反○賦也君子婦人目其夫之辭鑿牆而棲曰塒日夕則羊先歸而牛次之○大夫久役于外其室家思而賦之曰君子行役不知其反還之期且今亦何所至哉雞則棲于塒矣日則夕矣牛羊則下來矣是則畜産出入尚有旦暮之節而行役之君子乃無休息之時使我如何而不思也哉

○君子于役不日不月曷其有佸音括叶户劣反雞

○刪補云上章感久役而不容已于思下章感久役而不得寧于思此亦婦人之至情也

○行義云此詩捴是美其自得而樂樂以爲樂也二章一意但上章樂以聲言下章樂以容言

棲于桀日之夕矣牛羊下括音聒叶古劣反君子于役苟無飢渴叶巨列反○賦也佸會桀杙括至苟且也○君子行役之久不可計以日月而又不知其何時可以來會也亦庶幾其免於飢渴而已矣此憂之深而思之切也

君子于役二章章八句

君子陽陽左執簧音黃右招我由房其樂音洛只音止且音疽○賦也陽陽得志之貌簧笙竽管中金葉也蓋笙竽皆以竹管植於匏中而竅其管底之側以薄金葉障之吹則鼓之而出聲所謂簧也故笙竽皆謂之簧笙十三

○刪補云君子能自得而樂安于聲容可謂超世之界而家人即能識而嘆美之其賢
亦可知矣
○小序云君子陽陽閔周也君子遭亂相招爲祿仕全身遠害而已
○音釋云陶釋文音遥
○爾雅云翿纛也舞者所持以爲容也
○衍義云三章一意各上四句是興其舍家室而往戍下是極

簧或十九簧半十六簧也由從也房東房也只且語助辭○此詩疑亦前篇婦人所作蓋其夫旣歸不以行役爲勞而安於貧賤以自樂其家人又識其意而深歎美之皆可謂賢矣豈非先王之澤哉或曰序說亦通宜更詳之

○君子陶陶左執翿音桃右招我由敖音翺其樂只且賦也陶陶和樂之貌翿舞者所持羽旄之屬敖舞位也

君子陽陽二章章四句

揚之水不流束薪彼其音記之子不與我戍申懷叶胡威反哉懷哉曷月予還音旋歸哉○興也揚悠揚也水緩

言其思念室家之情也上下皆是怨詞亦皆是思不可分上爲怨下爲思也

○同徹按曰此詩但言家室不得與己同役而役非其職之意旣見于言外亦有味于其言

流之貌彼其之子戍人指其室家而言也戍也兵以守也申姜姓之國平王之母家也在今鄧州信陽軍之境懷思曷何也○平王以中國近楚數被侵伐故遣畿內之民戍之而戍若怨思作此詩也興取之不二字如小星之例

○揚之水不流束楚彼其之子不與我戍甫懷哉懷哉曷月予還歸哉興也楚木也甫即呂也亦姜姓書呂刑禮記作甫刑而孔氏以爲呂侯後爲甫侯是也當時蓋以申故而并戍之今未知其國之所在計亦不遠於申許也

○揚之水不流束蒲叶滂古反彼其之子不與我

○左傳宣公十二年云董澤之蒲可勝既乎

○刪補云平王知有母而不知有父犯忘親逆理之罪且勞天子之民遠爲諸侯戍其衰懦不振甚矣

戍許。懷哉懷哉。曷月予還歸哉。興也。蒲。蒲柳。春秋傳云。董澤之蒲。杜氏云。蒲。楊柳。可以爲箭者是也。許。國名。亦姜姓。今穎昌府許昌縣是也。

揚之水三章章六句

申侯與犬戎攻宗周而弑幽王。則申侯者。王法必誅不赦之賊。而平王與其臣庶不共戴天之讐也。今平王知有母。而不知有父。知其立已爲有德。而不知其弑父爲可怨。至使復讐討賊之師。反爲報施酬恩之舉。則其忘親逆理而得罪於天已甚矣。又況先王之制。諸侯有故。則方伯連帥以諸侯之師討之。王室有故。則方伯連帥以諸侯之師救之。天子鄉遂之民。供貢賦衛王室而已。今平王不能行其威令於天下。無以保其母

○衍義云合紀一說三章皆是述其悲慼之詞每末句皆悲其窮厄之意如何嗟及矣句亦只是窮困之極而無可奈何之詞耳無有安命意此亦有見

家乃勞天下之民遠爲諸侯戍守故周人之戍申者又以非其職而怨思焉則其衰懦微弱而得罪於民又可見矣嗚呼詩亡而後春秋作其不以此也哉

中谷有蓷吐雷反　暵音罕其乾矣有女仳音痞離嘅其嘆音灘矣嘅其嘆矣遇人之艱難矣

興也蓷鵻也葉似萑方莖白華華生節間即今益母草也暵燥也仳別也嘅歎聲艱難窮厄也○凶年饑饉室家相棄婦人覽物起興而自述其悲歎之詞也

○中谷有蓷暵其脩叶式竹反矣有女仳離條其歗叶息六反矣條其歗矣遇人之不淑矣

興也脩長也或

○刪補云夫凶年相棄此人道之最薄而婦人乃歸之于遇而無甚怨之詞可謂厚矣

曰乾也如脩之謂脩也條條然歗貌歗蹙口出聲也悲恨之深不止於嘆矣淑善也古者謂死喪饑饉皆曰不淑蓋以吉慶爲善事凶禍爲不善事雖今人謂猶然也○曾氏曰凶年而遽相棄背蓋衰薄之甚者而詩人乃曰遇斯人之艱難遇斯人之不淑而無怨懟過甚之詞焉厚之至也

○中谷有蓷暵其濕矣有女仳離啜張劣反其泣矣啜其泣矣何嗟及矣興也暵濕者旱甚則草之生於濕者亦不免也啜泣貌何嗟及矣言事已至此求如之何窮之甚也

中谷有蓷三章章六句范氏曰世治則室家相保者上

○書咸有一德篇有
之一自盡盡心盡力
也

之所養也世亂則室家相棄者上之所
賤也其使之也勤其取之也厚則夫婦
日以衰薄而凶年不免於離散矣伊尹
曰匹夫匹婦不獲自盡民王罔與成厥
功故讀詩者於一物失所而知王政之
惡一女見棄而知人民之困周之政荒
民散而將無以爲
國於此亦可見矣

有兔爰爰雉離于羅我生之初尚無爲叶吾禾反
我生之後逢此百罹叶良何反尚寐無吪比也兔
爰爰緩意雉性耿介離麗羅網尚猶罹憂也
尚庶幾也吪動也○周室衰微諸侯背叛君
子不樂其生而作此詩言張羅本以取兔今
兔狡得脫而雉以耿介反離于羅以比小人

○行義云此詩蓋喻刑罰不得其平有感而不樂其生也三章一意而哀傷之意反覆道之全旨本重在諸侯背叛而諸侯背叛則皆由小人致之也觀傳小人致亂句可見或謂小人即指諸侯未妥

致亂而以巧計幸免君子無辜而以忠直受禍也。爲此詩者。蓋猶及見西周之盛。故曰。方我生之初。天下尚無事。及我生之後。而逢時之多難如此。然既無如之何。則但庶幾寐而不動以死耳。或曰。興也。以兔爰興無爲。以雉離興百罹也。下章放此。

○有兔爰爰。雉離于罦。音孚叶步廟反我生之初。尚無造。我生之後。逢此百憂。叶一笑反尚寐無覺。音教叶居笑反○比也。罦覆車也。可以掩兔。造亦爲也。覺寤也。

○有兔爰爰。雉離于罿。音衝我生之初。尚無庸。我生之後。逢此百凶。尚寐無聰。比也。罿罬也。即罦也。或曰。

施羅於車上也。庸，用。聰，聞也。無所聞則亦死耳。

兔爰三章章七句

小序云○葛藟，王族刺平王也。周室道衰，棄其九族焉。　朱子曰序說未有據，詩意亦不類，說已見本篇。

緜緜葛藟音壘在河之滸音虎終遠去聲兄弟謂他人父謂他人父亦莫我顧叶果五反○興也。緜緜，長而不絕之貌。岸上曰滸。○世衰民散，有去其鄉里家族而流離失所者，作此詩以自嘆。言緜緜葛藟，則在河之滸矣。今乃終遠兄弟，而謂他人為父。已謂彼為父，而彼亦不我顧，則其窮也甚矣。

○緜緜葛藟在河之涘音俟叶矣始二音終遠兄弟

○左傳昭公三年云君若不有寡君雖朝夕辱於敝邑寡君猜焉有註云有親有也

○小序云采葛懼讒也○朱子曰此淫奔之詩其篇與大車相

謂他人母叶滿彼反謂他人母亦莫我有叶羽已反○興也水涯曰滸謂他人父者其妻則母也有識有也春秋傳曰不有寡君

○緜緜葛藟在河之漘音脣終遠兄弟謂他人昆叶古勻反謂他人昆亦莫我聞叶微勻反○興也夷上洒下曰漘漘之爲言脣也昆兄也聞相聞也

葛藟三章章六句

彼采葛兮叶居謁反一日不見如三月兮賦也采葛所以爲絺綌蓋淫奔者託以行也故因以指其人而言思念之深未久而似久也

屬其事與采唐采葑采麥相似其詞與鄭子衿正同序說誤矣

○小序云大車刺周大夫也○朱子曰非刺大夫之詩乃畏大夫之詩

○彼采蕭（叶疎鳩反）兮一日不見如三秋兮　賦也蕭荻也白葉莖麤科生有香氣祭則爇以報氣故采之曰三秋則不止三月矣

○彼采艾兮一日不見如三歲（本與艾叶）兮　賦也艾蒿屬乾之可灸故采之曰三歲則不止三秋矣

采葛三章章三句

大車檻檻毳（尺銳反）衣如菼（吐敢反）豈不爾思畏子不敢　賦也大車大夫車檻檻車行聲也毳衣天子大夫之服菼蘆之始生也毳衣之屬衣繪而裳繡五色皆備其青者如菼爾淫奔者相命之詞也子大夫也不敢不敢

○刪補云制其情于一時而堅其約于身後此大夫刑政之化革外而未能革心也

奔也。○周衰大夫猶有能以刑政治其私邑者故淫奔者畏而歌之如此然其去二南之化則遠矣此可以觀世變也。

○大車哼哼音吞毳衣如璊音門豈不爾思畏子不奔。賦也。哼哼重遲之貌。璊玉赤色。五色備則有赤。

○穀則異室死則同穴。叶戶橘反謂予不信有如皦音皎日。賦也。穀生。穴壙。皦白也。○民之欲相奔者畏其大夫自以終身不得如其志也故曰生不得相奔以同室庶幾死得合葬以同穴而已謂予不信有如皦日約誓之辭也。

○衍義云序以爲思賢朱子以辭意不莊恐非望賢之意

○衍義云主意各二句分上疑之切下望之深三章俱是徵詞有麻有麥有李各指其地言之惟其詞出于疑故所指無定處各以末句作其語末章並明說并指二人當必是實也不是叶韻也

大車三章章四句

丘中有麻彼留子嗟彼留子嗟將其來施

施叶蛇○賦也麻穀名子可食皮可績爲布者子嗟男子之字也將願也施施喜悅之意○婦人望其所與私者而不來故疑丘中有麻之處復有與之私而留之者今安得其施施然而來乎

○丘中有麥彼留子國彼留子國將其來食

賦也子國亦男子字也來食就我而食也

○丘中有李彼留之子叶獎里反彼留之子貽我

○刪補云此亦不美之俗也

佩玖。叶舉里反○賦也。之子并指前二人也。貽我佩玖。冀其有以贈己也。

丘中有麻三章章四句

王國十篇二十八章百六十二句

詩經卷之二終

毛詩鄭箋卷二

三二

再刻
頭書

詩經集註

三

○衍義云此詩專美武公不必並重桓公三章一意無淺深想是反覆咏嘆以致其無已之愛此意章章見之非合三章而后見其無已也

詩經卷之三

朱熹集傳

鄭一之七

鄭邑名本在西都畿內咸林之地宣王以封其弟友爲采地後爲幽王司徒而死於犬戎之難是爲桓公其子武公掘突定平王於東都亦爲司徒又得虢檜之地乃徙其封而施舊號於新邑是爲新鄭咸林在今華州鄭縣新鄭即今之鄭州是也其封域山川詳見檜風

緇衣之宜兮敝予又改爲兮適子之館叶古玩反兮還予授子之粲兮

賦也緇黑色緇衣卿大夫居私朝之服也宜稱改更適之館舍粲餐也或曰粲粟之精鑿者

○舊說鄭桓公武公相繼爲周司徒善於其

○刪補云緇衣三章周人致無已之愛於司徒可以見善教得民心也

○禮記緇衣篇云好賢如緇衣惡惡如巷伯則爵不瀆而民作愿

○孔叢子曰於緇衣見好賢之至

職周人愛之故作是詩言子之服緇衣也甚宜敝則我將爲子更爲之且將適子之館既還而又授子以粲言好之無已也

○緇衣之好兮敝予又改造叶在早反兮適子之館兮還予授子之粲兮

賦也好猶宜也

○緇衣之蓆叶祥龠反兮敝予又改作兮適子之館兮還予授子之粲兮

賦也蓆大也程子曰蓆有安舒之義服稱其德則安舒也

緇衣三章章四句

記曰好賢如緇衣又曰於緇衣見好賢之至

○衍義云二章意是屢言以拒人皆見其所畏而不敢輕身以縱欲也自父母而諸兄
而衆人之言之序如此非有淺深也

○音釋云此詩詞氣
類乎有所譏之卒章
然有畏父母兄弟國
人之言猶爲善於彼
也此可見理義根於
人心有終不可泯者
身之陷於淫邪不能
禁其欲也有畏人之
意良心之存也倘上
之教化行而下之風
俗厚若此婦人豈不
能脩飾而以貞信自
守邪然則小民心術
之微皆上之人有以
興發之耳

將(音槍)仲子兮無踰我里無折(音哲)我樹杞豈敢
愛之畏我父母(叶滿彼反)仲可懷(叶胡威反)也父母之
言亦可畏(叶於非反)也 賦也。將請也。仲子男子之字也。我女子自我也。里二
十五家所居也。杞柳屬也。生水傍樹如柳葉
麤而白色理微赤蓋里之地域溝樹也。○莆
田鄭氏曰此淫奔者之辭。
○將仲子兮無踰我墻無折我樹桑豈敢愛
之畏我諸兄(叶虛陽反)仲可懷也諸兄之言亦可
畏也 賦也。墻垣也。古者樹墻下以桑。

○劉補云將仲子三章此其情雖私而猶知所畏懼者也

○將仲子兮無踰我園無折我樹檀 叶徒沿反 豈敢愛之畏人之多言仲可懷也人之多言亦可畏也 賦也園者圃之藩其内可種木也檀皮青滑澤材彊韌可爲車

將仲子三章章八句

叔于田 叶地因反 巷無居人豈無居人不如叔也洵美且仁 賦也叔莊公弟共叔段也事見春秋田取禽也巷里塗也洵信美好也仁愛人也○段不義而得衆國人愛之故作此詩言叔出而田則所居之巷若無居人矣非實無居人也雖有而不如叔之美且仁是以若無人耳或疑此亦民間男女相悦之詞也

○衍義左傳隱公元年云鄭武公娶于申曰武姜生莊公及共叔段莊公寤生驚姜氏遂惡之愛叔段欲立之武公不許及莊公即位姜氏爲之請于京使居之謂之京城大叔大叔不度將襲鄭公及子封伐京京叛大叔段入于鄢按此所謂得衆與悦之者乃私黨之事非通國之人愛之也

○同云春秋鄭伯克段于鄢左氏曰段不弟故不言弟如二君然故曰克稱鄭伯譏失敎也穀梁曰書克段甚鄭伯也何甚乎鄭伯甚鄭伯處心積慮成于殺也公羊曰大鄭伯之惡也曷爲大鄭伯之惡母欲立之己殺之如勿與而已矣

○删補云叔于田三章毎設言以誇其善亦於愛之情也

○衍義云有說云上四句是從獵之初見其御爲之善下是左獵之時見其搏獸之

○叔于狩叶始九反巷無飲酒豈無飲酒不如叔也洵美且好叶許厚反○賦也冬獵曰狩

○叔適野叶上與反巷無服馬叶滿補反豈無服馬不如叔也洵美且武○賦也適之也郊外曰野服乘也

叔于田三章章五句

叔于田乘乘下去聲馬叶滿補反執轡如組音祖兩驂如舞叔在藪音叟叶素苦反火烈具舉襢音但裼音錫暴虎獻于公所將音槍叔無狃音紐叶女古反戒其傷女

勇而深戒之也此以
無狃單指搏虎言方
山而可之如叔在藪
六句則單指搏虎無
疑

○同云善于磬而又
善于控此見御之善
良于縱而又良于送
此見射之良

音汝○賦也叔亦段也車衡外兩馬曰驂如
舞謂諧和中節皆言御之善也藪澤也火焚
而射也烈熾盛貌具俱也襢裼肉袒也暴空
手搏獸也公莊公也狃習也國人戒之曰請
叔無習此事恐其或傷汝也蓋
叔多材好勇而鄭人愛之如此

○叔于田乘乘黄兩服上襄兩驂鴈行音杭叔
在藪火烈具揚叔善射忌音記又良御叶魚駕反忌
抑磬音慶控苦貢反忌抑縱送忌賦也乘黄四馬
皆黄也衡下夾
轅兩馬曰服襄駕也馬之上者為上駕猶言
上駟也鴈行者驂少次服後如鴈行也揚起
也忌抑皆語助辭騁馬曰磬止
馬曰控舍拔曰縱覆彇曰送

○刪補云大叔于田三章首誇其材勇而戒之次言其射御之精末言其終事之善皆私愛之情耳

○叔于田乘乘鴇音保叶補苟反兩服齊首兩驂如手叔在藪火烈具阜叔馬慢叶黄半反忌叔發罕叶虛旰反忌抑釋掤音氷忌抑鬯音暢弓叶姑弘反忌○賦也驪白雜毛曰鴇今所謂烏驄也齊首如手兩服並首在前而兩驂在旁稍次其後如人之兩手也阜盛慢遲也發矢也罕希釋解也掤矢筩蓋春秋傳作冰也鬯弓囊也與韔同言其田事將畢而從容整暇如此亦喜其無傷之詞也

大叔于田三章章十句

陸氏曰首章作大叔于田者誤蘇氏曰二詩皆曰叔于田故加大以別之不知者乃以段有大叔之號而讀曰泰又加大于首章失之矣

○左傳閔公二年冬十二月狄入衛。衛在河北，鄭在河南，恐其渡河侵鄭，故使高克將清邑之兵禦于河上。久之，後高克卒奔陳。

清人在彭。叶普郎反 駟介旁旁。音崩，叶補岡反 二矛重平聲英。叶於良反 河上乎翱翔。賦也。清，邑名。清人，清邑之人也。彭，河上地名。駟介，四馬而被甲也。旁旁，馳驅不息之貌。二矛，酋矛、夷矛也。英，以朱羽為矛飾也。酋矛長二丈，夷矛長二丈四尺，並建於車上，則其英重疊而見。翱翔，遊戲之貌。○鄭文公惡高克，使將清邑之兵禦狄于河上，久而不召，師散而歸，鄭人為之賦此詩。言其師出之久，無事而不得歸，但相與遊戲如此，其勢必至於潰散而後已爾。

○清人在消。駟介麃麃。音標 二矛重喬。河上乎逍遙。賦也。消，亦河上地名。麃麃，武貌。矛之上句曰喬，所以懸英也。英弊而盡，所存者

○公羊傳云：大夫以君命出，進退在大夫矣。則高克不召自還可乎？曰：戰伐進退由之將帥，罷兵還國，必須君命。

〇行義云此詩大作于已潰之后然不言已潰而言將潰東萊所謂其詞深其情危也夫高克者好利而不顧其君文公惡之而不能遠及使將兵禦狄久而不召至于師潰而克奔陳故春秋書曰鄭棄其師夫棄師者鄭伯而乃以書國蓋鄭之二執政畏一高克而不能退之以道何政之奇而能爲然則以國書者君臣同責也

已。

〇清人在軸，叶音胄駟介陶陶。叶徒候反左旋右抽，叶敕救反中軍作好。叶許候反〇賦也。軸，亦河上地名。陶陶，樂而自適之貌。左，謂御在將軍之左，執轡而御馬者也。旋，還車也。右，謂勇力之士在將車之右，執兵以擊刺者也。抽，拔刃也。中軍，謂將在鼓下，居車之中，即高克也。好，謂容好也。〇東萊呂氏曰：言師久而不歸，無所聊賴，姑遊戲以自樂，必潰之勢也。不言已潰而言將潰，其詞深，其情危矣。

清人三章，章四句。事見春秋。〇胡氏曰：人君擅一國之名寵，生殺予奪，惟我所制耳。使高克不臣之罪已著，按而誅之可也。情狀未明，黜而

〇同云將車則將在中左執御右執兵器士卒之車則左執弓右執矛中人御

〇左傳閔公二年有此事

〇冊補云清人三章委兵權於所惡之人

而坐視其潰散此鄭之自棄其師也

○衍義云鄭國諸臣如子皮之好善公孫僑之多智子太叔之寛洪皆賢臣也此詩所美無加數子之流乎

退之可也愛惜其才以禮馭之亦可也烏可假以兵權委諸竟上坐視其離散而莫之卹乎春秋書曰鄭棄其師其責之深矣

羔裘如濡叶而朱而由二反洵直且侯叶洪姑洪鉤二反彼其音記之子舍音赦命不渝叶容朱容周二反○賦也羔裘大夫服也如濡潤澤也洵信直順侯美也其語助辭舍處渝變也○言此羔裘潤澤毛順而美彼服此者當生死之際又能以身居其所受之理而不可奪蓋美其大夫之詞然不知其所指矣

○羔裘豹飾孔武有力彼其之子邦之司直賦也飾緣袖也禮君用純物臣下之故羔裘而以豹皮爲飾也孔甚也豹甚武而有力故

○刪補云羔裘三章首表其德之貞二表其德之正末表其德之美此大夫之賢能稱乎服而詩人所以美之也

○文選宋玉登徒子好色賦有之

服其所飾之裘者如之司直也。

○羔裘晏兮三英粲兮彼其之子邦之彥叶魚軒反兮。賦也。晏鮮盛也。三英裘飾也。未詳其制。粲光明也。彥者士之美稱。

羔裘三章章四句

遵大路兮摻所覽反執子之袪叶起據反兮無我惡去聲兮不寁音昝故也。賦也。遵循。摻擥。袪袂。寁速。故舊也。○淫婦為人所棄故於其去也。擥其袪而留之曰子無惡我而不留故舊不可以遽絕也。宋玉賦有遵大路兮攬子袪之句。亦男女相說之詞也。

○衍義荆川曰詩述夫婦相儆戒其實重婦語夫上昧旦一句亦因其婦之語而答之耳三章相連說不必分

○遵大路兮摻執子之手兮無我魗音讐叶齒九反兮不寁好叶許口反也賦也魗與醜同欲其不以己爲醜而棄之也好情好也

遵大路二章章四句

女曰雞鳴士曰昧旦子興視夜明星有爛將翺將翔弋鳧音符與鴈賦也昧昧晦旦明也昧旦天欲旦昧晦未辨之際也明星啓明之星先日而出者也弋繳射謂以生絲繫矢而射也鳧水鳥如鴨青色背上有文○此詩人述賢夫婦相警戒之詞言女曰雞鳴以警其夫而士曰昧旦則不止於雞鳴矣婦人又語其夫曰若是則子可以起而視夜之如何意者明星已出而爛然則當翺

○史記楚世家有之

○禮記内則云牛宜稌羊宜黍豕宜稷犬宜粱鴈宜麥魚宜苽

○易同人卦云無攸遂在中饋

翔而弋取鳧鴈而歸矣其相與警戒之言如此則不留於宴昵之私可知矣

○弋言加叶居何反之與子宜叶魚奇反之宜言飲酒與子偕老叶魯吼反琴瑟在御莫不靜好叶許厚反 ○賦也加中也史記所謂以弱弓微繳加諸鳧鴈之上是也宜和其所宜也内則所謂鴈宜麥之屬是也 射者男子之事而中饋婦人之職故婦謂其夫既得鳧鴈以歸則我當為子和其滋味之所宜以之飲酒相樂期於偕老而琴瑟之在御者亦莫不安靜而和好其和樂而不淫可見矣

○知子之來叶六直反之雜佩以贈叶音則之知子

〇論語季氏篇有之

〇輯補云首二章戒以夙興而共成所事末則欲助其取友以進德也相警誡而不流于宴暱若此可謂賢矣

之順之雜佩以問之知子之好去聲之雜佩以報之

賦也。來之致其來者。如所謂脩文德以來之。雜佩者左右佩玉也。上横曰珩。下繫三組貫以蠙珠。中組之半貫一大珠曰瑀。末懸一玉兩端皆銳曰衝牙。兩旁組半各懸一玉長博而方曰琚。其末各懸一玉如半璧而内向曰璜。又以兩組貫珠。上繫珩兩端下交貫於瑀而下繫於兩璜。行則衝牙觸璜而有聲也。呂氏曰非獨玉也。觽燧箴管。凡可佩者皆是也。贈送。順愛。問遺也。〇婦又語其夫曰我苟知子之所致而來及所親愛者。則當解此雜佩以送遺報答之。蓋不惟治其門内之職。又欲其君子親賢友善結其驩心而無所愛於服飾之玩也。

○楊升菴集云孟姜世族之女也容質之佳麗也都飾之閑雅也顔如舜華可以言美矣佩玉瓊琚可以言都矣

女曰鷄鳴三章章六句

有女同車顔如舜華叶芳無反將翺將翔佩玉瓊琚彼美孟姜洵美且都賦也舜木槿也樹如李其華朝生暮落孟字姜姓洵信都閑雅也○此疑亦淫奔之詩言所與同車之女其美如此而又歎之曰彼美色之孟姜信美矣而又都也

○有女同行叶戸郎反顔如舜英叶於良反將翺將翔佩玉將將音鏘彼美孟姜德音不忘賦也英猶華也將將聲也德音不忘言其賢也

〇衍義云二章一意只是道其戲謔之事如此非真以爲狂狡也不見乃見正是戲詞非所見非所期也

有女同車二章章六句

山有扶蘇隰有荷華叶芳無反不見子都乃見狂且音疽〇興也扶蘇扶胥小木也荷華芙蕖也子都男子之美者也狂狂人也且語辭也〇淫女戲其所私者曰山則有扶蘇矣隰則有荷華矣今乃不見子都而見此狂人何哉

〇山有橋松隰有游龍不見子充乃見狡童興也上竦無枝曰橋亦作喬游枝葉放縱也龍紅草也一名馬蓼葉大而色白生水澤中高丈餘子充猶子都也狡童狡獪之小兒也

山有扶蘇二章章四句

○衍義云二章意俱首二句以木有將落之機故因風而吹之興予有倡予之意則我從而與之下要字對和字看和其始而要其終也

蘀音託兮蘀兮風其吹女音汝叔兮伯兮倡去聲予和去聲叶戶圭反女

興也。蘀木槁而將落者也。女指蘀而言也。叔伯男子之字也。予女子自予也。女叔伯也。○此淫女之詞。言蘀兮蘀兮則風將吹女矣。叔兮伯兮則盍倡予而予將和女矣

○蘀兮蘀兮風其漂女叔兮伯兮倡予要音腰女

興也。漂飄也。要成也

蘀兮二章章四句

彼狡童兮不與我言兮維子之故使我不能

○衍義云此淫女言所私之人雖絕己而無害首反言以戲之也

餐七丹反叶七宣反兮。賦也。此亦淫女見絕而戲其人之詞。言悅己者衆。子雖見絕。未至於使我不能餐也

○彼狡童兮不與我食兮。維子之故使我不能息兮。賦也。息安也。

狡童二章章四句

子惠思我褰裳涉溱臻音子不我思豈無他人。狂童之狂也且。音疽○賦也。惠愛也。溱鄭水名。狂童猶狂且狡童也。且語辭也○淫女語其所私者曰子惠然而思我。則將褰裳而涉溱以從子。子不我思則豈無

○衍義輔氏曰狡童褰裳之詩則其從欲絶理也甚矣

他人之可從而必於子哉狂童之狂也且亦謔之之辭

○子惠思我褰裳涉洧叶于己反子不我思豈無他士狂童之狂也且賦也洧亦鄭水名士未娶者之稱

褰裳二章章五句

子之丰兮音風叶芳用反俟我乎巷兮叶胡貢反悔予不送兮賦也丰豐滿也巷門外也○婦人所期之男子已俟乎巷而婦人以有異志不從既則悔之而作是詩也

○子之昌兮俟我乎堂兮悔予不將兮賦也昌盛

○紀緒云堂門塾之堂也堂進乎巷矣

○衍義云前二章悔其有所分于人后二章冀其有所過于人悔是專指之詞故曰子冀是泛指之詞故曰叔伯

○同云按士昏禮升堂奠雁受女于廟堂庶人雖無廟堂亦受女于寢室蓋婚姻人道之始先王重焉所以備正始之義也若丰之咏則斯儀盡矣

丗貌將亦送也

○衣去聲錦褧同絅衣裳錦褧裳叔兮伯兮駕予與行叶戶郎反○賦也褧禪也叔伯或人之字也○婦人既悔其始之不送而失此人也則曰我之服飾既盛備矣豈無駕車以迎我而偕行者乎

○裳錦褧裳衣錦褧衣叔兮伯兮駕予與歸賦也婦人謂嫁曰歸

丰四章二章章三句二章章四句

東門之墠音善叶上演反茹音如藘音閭在阪音反叶孚臠反其

〇衍義云首章思其人而嘆其相遠次章思其人而冀其來就有思之念深而愈切意或因豈不爾思一句遂謂爲見棄而追思所前私者殊未得詩人意

〇周云古詩相思相見知何日此日此夜難爲情東門之詩有焉

〇衍義云此淫女見所期而悅也二章一意各上二句言其時

室則邇其人甚遠 賦也。東門城東門也。墠除地町町者。茹藘茅蒐也。一名茜可以染絳。陂者曰阪。門之旁有墠。墠之外有阪。阪之上有草。識其所與淫者之居也。室邇人遠者思之而未得見之詞也。

〇東門之栗有踐家室豈不爾思子不我即 賦也。踐行列貌。門之旁有栗。栗之下有成行列之家室。亦識其處也。即就也。

東門之墠二章章四句

風雨淒淒雞鳴喈喈 音皆叶居奚反 既見君子云胡不夷 賦也。淒淒寒涼之氣。喈喈雞鳴之聲。風雨晦冥蓋淫奔之時。君子指所期

猜其所期也下二句表其心如其所期也喜深于瘳瘳深于夷瘳字之意反覆道之情欲深焉

之男子也夷平也○淫奔之女言當此之時見其所期之人而心悅也

○風雨瀟瀟雞鳴膠膠叶音驕既見君子云胡不瘳叶憐蕭反○賦也瀟瀟風雨之聲膠膠猶嘈嘈也瘳病愈也言積思之病至此而愈也

○風雨如晦叶呼洧反雞鳴不已既見君子云胡不喜賦也晦昏已止也

風雨三章章四句

○小序云子衿刺學校廢也亂世則學校不脩焉　朱子註云疑同上篇蓋其詞意儇薄施之學校尤不相似也

青青子衿叶音金悠悠我心縱我不往子寧不嗣

〇衍義云、一章二章思其服而微責之、末則度其情而深思之

〇同云佩佩玉也佩璲而青組綬孔氏曰禮不佩青玉而云青青子佩者佩玉以組綬帶之

音

賦也。青青純緑之色。具父母衣純以青。子男子也。衿領也。悠悠思之長也。我女子自我也。嗣音繼續其聲問也。此亦淫奔之詩

〇青青子佩叶蒲眉反悠悠我思。叶新齎反縱我不往，子寧不來叶陵之反

〇賦也。青青組綬之色。佩佩玉也

〇挑兮達兮音獺叶他悅反在城闕兮。一日不見如三月兮

賦也。挑輕儇跳躍之貌。達放恣也。

子衿三章章四句

揚之水不流束楚。終鮮兄弟維予與女。女汝

○爾雅云婦之黨爲婚兄弟婿之黨爲姻兄弟
○禮記曾子問篇陳氏註云兄弟者亦親之之辭也疏云夫婦亦兄弟之義
○衍義云詩稱雖曰相謂其實皆女謂男之詞

同
無信人之言人實迋音誑女與也。兄弟婚姻之稱。禮所謂不得嗣爲兄弟是也。女。男女自相謂也。人。他人也。迋與誑同。○浮者相謂言揚之水則不流束楚矣。終鮮兄弟則維予與女矣。豈可以他人離閒之言而疑之哉。彼人之言特誑女耳
○揚之水不流束薪。終鮮兄弟維予二人。無信人之言人實不信叶斯人反○與也。

揚之水二章章六句

出其東門有女如雲雖則如雲匪我思存縞音杲衣綦音其巾。聊樂音洛我員。音云。○賦也。如雲美且衆也。縞白色。

○衍義云一章一意各以上四句言所見雖可慕而不慕下言所聞非可樂而亦樂全重在不慕非禮之色

○衍義方曰：鄭國固無足論者，然緇衣之美，諸侯羔羊之美，大夫雞鳴之美，夫婦東門之獨行君子，於淫亂之風，得之亦幸也

○刪補云：與外慕而自樂，可謂不移于流俗者矣

綦，蒼艾色。縞衣綦巾，女服之貧陋者，此人自目其室家也。員與云同，語辭也。○人見淫奔之女而作此詩，以為此女雖美且衆，而非我思之所存，不如己之室家雖貧且陋，而聊可以自樂也。是時淫風大行，而其間乃有如此之人，亦可謂能自好而不為習俗所移矣。羞惡之心，人皆有之，豈不信哉。

○出其闉音因闍，音都有女如荼。音徒雖則如荼，匪我思且。音疽縞衣茹藘，聊可與娛。

賦也。闉，曲城也。闍，城臺也。荼，茅華，輕白可愛者也。且，語助辭。茹藘，可以染絳，故以名衣服之色。娛，樂也。

出其東門二章章六句

野有蔓草零露漙音團叶上兗反兮有美一人清揚婉兮邂逅相遇適我願叶五遠反兮賦而興也蔓延也漙露多貌清揚眉目之間婉然美也邂逅不期而會也○男女相遇於野田草露之間故賦其所在以起興言野有蔓草則零露漙矣有美一人則清揚婉矣邂逅相遇則得以適我願矣

○野有蔓草零露瀼瀼有美一人婉如清揚邂逅相遇與子偕臧賦而興也瀼瀼亦露多貌臧美也與子偕臧言各得其所欲也

野有蔓草二章章六句

○衍義云此詩取所在以起興故爲賦而興無非道其相遇之情也俱興全未首二句道其景中二句指其人末二句敘其情揔是喜幸之意反覆道之也

○衍義云此士女相與遊戲于溱洧而作三章一意各首四句叙其時事之美中五句相率以往觀末二句則言往觀而相贈以結其情也

溱與洧方渙渙兮（叶于元反）士與女方秉蕑兮（音間叶古賢反）女曰觀乎士曰既且（音疽）且往觀乎洧之外洵訏（音吁）且樂（音洛）維士與女伊其相謔贈之以勺藥

賦而興也渙渙春水盛貌蓋冰解而水散之時也蕑蘭也其莖葉似澤蘭廣而長節節中赤高四五尺且語辭洵信訏大也勺藥亦香草也三月開花芳色可愛○鄭國之俗三月上巳之辰采蘭水上以祓除不祥故其女問於士曰盍往觀乎士曰吾既往矣女復要之曰且往觀乎蓋洧水之外其地信寬大而可樂也於是士女相與戲謔且以勺藥爲贈而結恩情之厚也此詩淫奔者自叙之詞

○衍義云抑先王制禮女無境外之行尼父觀政魯有別塗之俗甚誠男女之貴乎有別也鄭以采蘭之俗士女俱往人道之大防潰矣惡知溱洧之區非淫湯之淵藪乎故拔除之行非媒妁之口實乎而芍藥之贈祇以遺其奄噫吾獨悲夫桓武之教流泯盡矣

○溱與洧瀏音留其清矣士與女殷其盈矣女曰觀乎士曰既且且往觀乎洧之外洵訏且樂維士與女伊其將謔贈之以勺藥賦而興也瀏深貌殷衆也將當作相聲之誤也

溱洧二章章十二句

鄭國二十一篇五十三章二百八十三句鄭衛之樂皆爲淫聲然以詩考之衛詩三十有九而淫奔之詩才四之一鄭詩二十有一而淫奔之詩已不翅七之五衛猶爲男悅女之

○大全孔氏曰爽鳩氏司寇也爽鳩鷙鳥也鷙故爲司寇主盜賊必矣以鳥名官其人之名氏則未聞也

詞而鄭皆爲女惑男之語衛人猶多刺譏懲創之意而鄭人幾於蕩然無復羞愧悔悟之萌是則鄭聲之淫有甚於衛矣故夫子論爲邦獨以鄭聲爲戒而不及衛蓋舉重而言固自有次第也詩可以觀豈不信哉

齊一之八

齊國名本少昊時爽鳩氏所居之地在禹貢爲青州之域周武王以封太公望東至于海西至于河南至于穆陵北至于無棣太公姜姓本四岳之後既封於齊通工商之業便魚鹽之利民多歸之故爲大國今青齊淄濰德棣等州是其地也

雞既鳴矣朝音潮既盈矣匪雞則鳴蒼蠅之聲

○禮記玉藻云朝辨色始入君日出視朝註云臣入常先君出常后君尊卑禮然也

○衍義云古者太師奏雞鳴則君起臣執君則以色而入君日出而視朝故賢妃之告君知此道矣所以助成君德者豈淺鮮哉

賦也。言古之賢妃御於君所至於將旦之時必告君曰。雞既鳴矣。會朝之臣既已盈矣。欲令君早起而視朝也。然其實非雞之鳴也。乃蒼蠅之聲也。蓋賢妃當夙興之時。心常恐晚。故聞其似者而以爲眞。非其心存警畏而不留於逸欲。何以能此。故詩人敘其事而美之也。

○東方明矣叶謨郎反朝既昌矣匪東方則明月出之光賦也。東方明則日將出矣。昌盛也。此再告也。

○蟲飛薨薨甘與子同夢叶莫滕反會且歸矣無庶予子憎賦也。蟲飛夜將旦而百蟲作也。甘樂。會朝也。○此三告也。言當此時。我豈不樂與子同寢而夢哉。然羣臣之會於朝者俟君不出。將散而歸矣。無乃以我之故。

〇衍義云不曰君之荒于內而言己之甘于同夢不肯以君之故憎我而以己之故憎君其言渾厚和平深可玩味

〇輯補云嬖昔而益致其儆也內助之賢也

〇衍義云按太禹有會稽之戒孟子有無厭之規示諷也齊以遊畋成俗至于交譽而忘其非爲人上者導民之路可不慎哉

而亦以子爲憎乎

雞鳴三章章四句

子之還音旋兮遭我乎峱音鐃之閒叶居賢反兮並驅從兩肩兮揖我謂我儇許全反兮賦也還便捷之貌峱山名也從逐也獸三歲曰肩儇利也〇獵者交錯於道路且以便捷輕利相稱譽如此而不自知其非也則其俗之不美可見而其來亦必有所自矣

〇子之茂叶莫口反兮遭我乎峱之道叶徒厚反兮並驅從兩牡兮揖我謂我好叶許厚反兮賦也茂美也

○刪補云此亦徵齊國切利誇作之習也

○子之昌兮遭我乎猺之陽兮並驅從兩狼兮揖我謂我臧兮。賦也。昌盛也。山南曰陽。狼似犬銳頭白頰高前廣後。臧善也。

還三章章四句

俟我於著音宁叶直居反乎而。充耳以素叶孫租反乎而。尚之以瓊華叶芳無反乎而。賦也。俟待也。我嫁者自謂也。著門屏之間也。充耳以纊懸瑱。所謂紞也。尚加也。瓊華美石似玉者。即所以為瑱也。○東萊呂氏曰昏禮婿往婦家親迎既奠鴈御輪而先歸俟于門外婦至則揖以入時齊俗不親迎故女至

○禮記昏儀疏云謂之昏者娶妻之禮以昏為期取陽往陰來之義也故經曰父親醮子而命之迎男先於女也子承命以迎主人進几于廟而拜迎于門外婿執雁入揖讓升堂再拜奠雁蓋親受之于父也

○劉補云屢歎其所俟而古禮之廢可知矣

○衍義方山曰昏而親迎夫子所以告哀公鄭輪逆女春秋所以譏紀子也是故親迎于渭見世子而親迎也韓侯迎止是諸侯而親迎也齊山東之望國猶不聞此乎

壻門始見其俟己也。

○俟我於庭乎而。充耳以青乎而。尚之以瓊瑩乎而。瑩音榮

賦也。庭在大門之內。寢門之外。瓊瑩亦美石似玉者。○呂氏曰。此昏禮所謂壻道婦及寢門揖入之時也。

○俟我於堂乎而。充耳以黃乎而。尚之以瓊英乎而。英叶於良反

賦也。瓊英亦美石似玉者。○呂氏曰。升階而後至堂。此昏禮所謂升自西階之時也。

著三章章三句

○衍義云此詩作于男子曰始出而女已在室月始出而女乃在門則來就者終日而始發行言其情之慾無已也或云非自旦至夜乃去之説亦不妨

東方之日兮彼姝(音樞)者子在我室兮在我室兮履我即兮 興也履躡即就也言此女躡我之跡而相就也

○東方之月兮彼姝者子在我闥(叶宅悦反)兮在我闥兮履我發(叶方月反)兮 興也闥門内也發行去也言躡我而行去也

東方之日二章章五句

東方未明(叶謨郎反)顛倒衣裳顛之倒(叶都妙反)之自公召之 ○賦也自從也羣臣之朝別色始入不時言東方未明而顛倒其衣裳則既早矣而又已有從君所而來召之者焉蓋猶以爲

○衍義云二章分上述其事以刺其君之失時末言其時之易辨以深刺其昧乎時也此詩重于時事但有刺意或云上二章述其事至末章乃刺之也詩譏君無節號令不時不可不省而興居上惟興居無節故號令不時也

○刪補云上二章言君之失時末則言其易知而不知也

晩也。或曰所以然者，以有自公令所而召之者故也。

○東方未晞，顛倒裳衣。倒之顛之，叶典因反。自公令去聲，叶力呈反之。賦也。晞，明之始升也。令，號令也。

○折音哲柳樊圃，叶博故反狂夫瞿瞿。音句不能晨夜，叶羊茹反不夙則莫。音暮○比也。柳，楊之下垂者，柔脆之木也。樊，藩也。圃，菜園也。瞿瞿，驚顧之貌。夙，早也。○折柳樊圃，雖不足恃，然狂夫見之，猶驚顧而不敢越。以比晨夜之限甚明，人所易知，今乃不能知，而不失之早，則失之莫也。

東方未明三章，章四句

○小序云南山刺襄公也鳥獸之行淫乎其妹大夫遇是惡作詩而去之

○衍義云首二章兩托喻而刺齊侯之亂乎人道下二章兩抗興而刺魯侯之失乎夫道

○同云兩二屨也乃有繐屨黃屨白屨黑屨赤屨五等故云五兩緌冠係之下垂也必雙方相稱可對結次不是單亦不可益也

南山崔崔音摧雄狐綏綏。魯道有蕩，齊子由歸。既曰歸止，曷又懷叶胡威反止。比也。南山，齊南山也。崔崔，高大貌。狐，邪媚之獸。綏綏，求匹之貌。魯道，適魯之道也。蕩，平易也。齊子，襄公之妹，魯桓公夫人文姜，襄公通焉者也。由，從也。婦人謂嫁曰歸。懷，思也。止，語辭。○言南山有狐，以比襄公居高位而行邪行。且文姜既從此道歸于魯矣，襄公何為而復思之乎。

○葛屨五兩如字又音亮，冠緌音蕤雙叶所終反止。魯道有蕩，齊子庸止。既曰庸止，曷又從止。比也。兩，二屨也。緌，冠上飾也。屨必兩，緌必雙，物各有耦，不可亂也。庸，用也。用此道以嫁于魯也。從，相從也。

○刪補云。上二章刺齊襄公之淫其妹。下二章刺魯公之縱其妻。此皆人倫之戮。名教之罪人也。

○衍義云。春秋書公與夫人姜氏遂如齊。胡氏傳曰。爲亂者文姜。而春秋罪桓公。治其本也。可見無家法者。必貽殺身之禍。此萬世之深戒。壽當愼旃。

○蓺麻如之何。衡音橫從音宗其畝。取去聲妻如之何。必告音谷父母。既曰告止。曷又鞠音菊止。興也。蓺，樹。鞠，窮也。○欲樹麻者，必先縱橫耕治其田畝。欲取妻者，必先告其父母。今魯桓公既告父母而娶矣，又曷爲使之得窮其欲而至此哉。

○析薪如之何。匪斧不克。取妻如之何。匪媒不得。既曰得止。曷又極止。興也。克，能也。極，亦窮也。

南山四章，章六句。春秋桓公十八年，公與夫人姜氏如齊。公薨于齊。傳曰：公將有行，遂與姜氏如齊。申繻曰：女有家，男有室，無相瀆也，謂之

有禮易此必敗公會齊侯于濼遂及文姜如齊齊侯通焉公謫之以告夏四月享公使公子彭生乘公公薨于車此詩前二章刺齊襄後二章刺魯桓也

無田音佃甫田維莠音酉驕驕叶音高無思遠人勞心忉忉音刀○比也田謂耕治之也甫大也莠害苗之草也驕驕張王之意忉忉憂勞也○言無田甫田也田甫田而力不給則草盛矣無思遠人也思遠人而人不至則心勞矣以戒時人厭小而務大忽近而圖遠將徒勞而無功也

○無田甫田維莠桀桀無思遠人勞心怛怛叶旦悅反○比也桀桀猶驕驕也怛怛猶忉忉也

○衍義云此詩以戒躐等爲主上二章論躐等之無益末章論循序之有常正以見不必躐等也通章俱是戒人之詞勿以一戒勉乎着亦不必用爲學爲治之意

○刪補云首二章喩躐等之徒勢末章喩循序之有益也

○戰國策云韓國盧乃天下之駿犬也

○衍義云三章一意大意與但首章美其人之才還畧同

○婉兮孌兮叶龍眷反總角丱兮音慣叶古縣反未幾見兮突而弁兮幾上聲

比也。婉孌少好貌。丱兩角貌。未幾未多時也。突忽然高出之貌。弁冠名。○言總角之童見之未久而忽然戴弁以出者非其躐等而強求之也。蓋循其序而勢有必至耳。此又以明小之可大、邇之可遠。能循其序而脩之、則可以忽然而至其極。若躐等而欲速、則反有所不達矣。

甫田三章章四句

盧令令、音零其人美且仁。

賦也。盧田犬也。令令犬頷下環聲。○此詩

德下二章美其人之才貌

○左傳宣公二年云宋之城者謳華元曰于思于思棄甲復來思西才反多鬚貌

○刪補云意同還芳篇亦不美之俗也

○盧重平聲環其人美且鬈音權○賦也重環子母環也鬈鬚鬢好貌

○盧重鋂音梅其人美且偲音鰓○賦也鋂一環貫二也偲多鬚之貌。春秋傳所謂于思即此字古通用耳。

盧令三章章二句

敝笱在梁其魚魴鰥音關叶古倫反齊子歸止其從去聲如雲。比也敝壞笱罟也魴鰥大魚也歸歸齊也如雲言衆也○齊人以敝笱不能制大魚比魯莊公不能防閑文姜故歸齊而從之者衆也。

○敝笱在梁其魚魴鱮音序齊子歸止其從如

○翁義云此詩總是刺莊公不能防閑其母故毋得以縱其欲也敝笱在梁則不能以制魴鰥之魚猶莊公衰敝不足威令不行則無感文姜之心而制文姜之行故文姜得以歸齊而從之者多也言從之者衆見無所顧忌之意

○附義云武夷胡氏曰婦人無外事送迎不出門既嫁從夫夫死從子今會齊侯于禚是莊公不能防閑其母失子道也禚音灼齊地祝丘魯地如齊師胡傳云曰會曰享曰如猶爲之名也至于齊師羞惡之心忘矣

○刪補云此見魯莊公不能以禮事母以嚴馭下也

雨。比也。鱮似魴厚而頭大。或謂之鰱。如雨亦多也。

○敝笱在梁其魚唯唯。上聲齊子歸止其從如水。

比也。唯唯行出入之貌。如水亦多也。

敝笱三章章四句 按春秋魯莊公二年夫人姜氏會齊侯于禚。四年夫人姜氏享齊侯于祝丘。五年夫人姜氏如齊師。七年夫人姜氏會齊侯于防。又會齊侯于穀。

載驅薄薄音粕簟茀朱鞹。音廓魯道有蕩齊子發夕。叶祥龠反○賦也。薄薄疾驅聲。簟方文席也。茀車後戶也。朱朱漆也。鞹獸皮之去毛

〇衍義云上二章言文姜乘車馬之美而來會于齊下二章言統徒御之衆而來會于齊總見無羞恥忌憚也

者蓋車革質而朱漆也夕猶宿也發夕謂離
於所宿之舍〇齊人刺文姜乘此車而來會
襄公
也

〇四驪（音離）濟濟（上聲）垂轡濔濔（音你）魯道有蕩齊子豈弟（音愷叶待禮反）〇賦也驪馬黑色也濟濟美貌濔濔柔貌豈弟樂易也言無忌憚羞恥之意也

〇汶（音問）水湯湯（音傷）行人彭彭（音邦）魯道有蕩齊子翱翔賦也汶水名在齊南魯北二國之境湯湯水盛貌彭彭多貌言行人之多亦以見其無恥也

○刪補云以見文姜之恣行不顧無恥之甚

○衍義云此詩三章皆道魯莊公威儀技藝之美而刺其不能制母之意在言外蓋極道其所甚美而其所大闕者可見已猗嗟二字便寄不足之意

○汶水滔滔音叨行人儦儦音標叶音褒魯道有蕩齊子遊敖。賦也。滔滔，流貌。儦儦，衆貌。遊敖，猶翱翔也。

載驅四章章四句

猗嗟昌兮頎音祈而長兮抑若揚兮美目揚兮巧趨蹌兮射則臧兮。賦也。猗嗟，歎詞。昌，盛也。頎，長貌。抑而若揚，美之盛也。揚，目之動也。蹌，趨翼如也。臧，善也。○齊人極道魯莊公威儀技藝之美如此，所以刺其不能以禮防閑其母。若曰惜乎其獨少此耳。

○猗嗟名兮美目清兮儀既成兮終日射音石

○刪補云嗟嘆其所美正以陰抑其所闕也

侯不出正音征兮展我甥叶桑經反兮賦也名猶稱也言其威儀技藝之可名也清目清明也儀既成言其終事而禮無違也侯張布而射之者也正設的於侯中而射之者也大射則張皮侯而設鵠賓射則張布侯而設正展誠也姊妹之子曰甥言稱其為齊之甥而又以明非齊侯之子此詩人之微詞也按春秋桓公三年夫人姜氏至自齊六年九月子同生即莊公也十八年桓公乃與夫人如齊則莊公誠非齊侯之子矣

○猗嗟孌叶龍眷反兮清揚婉叶許願反兮舞則選去聲兮射則貫叶扃縣反兮四矢反叶孚絢反兮以御亂叶靈

〇左傳莊公十一年註云金僕姑矢名南宮長萬宋大夫也

〇大戴禮本命篇云孔子曰婦人伏於人也是故無專制之義有三從之道在家從父適人從夫夫死從子無所敢自遂也教令不出閨門事在饋食之間而已矣

春反兮。賦也。孌，好貌。清，目之美也。揚，眉之美也。婉，亦好貌。選，異於衆也。或曰齊於樂節也。貫，中而貫革也。四矢，禮射每發四矢。反，復也。中皆得其故處也。言莊公射藝之精，可以禦亂。如以金僕姑射南宮長萬，可見矣。

猗嗟三章，章六句。

或曰：子可以制母乎？趙子曰：夫死從子，通乎其下，況國君乎。君者，人神之主，風教之本也。不能正家，如正國何。若莊公者，哀痛以思父，誠敬以事母，威刑以馭下，車馬僕從莫不俟命，夫人徒往乎？夫人之往也，則公哀敬之不至，威命之不行耳。東萊呂氏曰：此詩三章，譏刺之意皆在言外。嗟嘆再三，則莊公所大闕者，不言可見矣。

齊國十一篇三十四章二百四十三句

魏一之九魏。國名。本舜禹故都。在禹貢冀州雷首之北。析城之西南。枕河曲。北涉汾水。其地陿隘。而民貧俗儉。蓋有聖賢之遺風焉。周初以封同姓。後爲晉獻公所滅而取其地。今河中府解州即其地也。蘇氏曰。魏地入晉久矣。其詩疑皆爲晉而作。故列於唐風之前。猶邶鄘之於衛也。今按篇中公行公路公族。皆晉官。疑實晉詩。又恐魏亦嘗有此官。蓋不可考矣。

糾糾音赳葛屨。可以履霜。摻摻音纖女手。可以縫裳。要音腰之襋音棘之。好人服之。叶蒲北反之興也。糾糾。繚戾寒凉

（一）衍義云。按禮。三月庿見。謂婦無舅姑者。婦入三月乃見舅姑之庿。若有舅姑。則昏禮云。質明贊見婦于舅姑。不待三月。雖即見舅姑。亦三月乃助祭。在未祭。亦未成婦也。

○同人一章。直刺其褊急之事。下推其所以刺之者。正以其褊急之故也。此詩本為刺褊急。但褊急却自儉嗇中來。故詩備及之。只當以褊急為主。不可分說。

○刪補云。上敘其褊心所為之事。下則指其為可刺也

之意。 夏葛屨。冬皮屨。摻摻猶纖纖也。女婦未廟見之稱也。娶婦三月廟見。然後執婦功。要裳要。襋衣領。好人猶大人也。○魏地陿隘。其俗儉嗇而褊急。故以葛屨履霜起興。而刺其使女縫裳。又使治其要襋。而遂服之也。此詩疑即縫裳之女所作。

○好人提提。宛然左辟。音避 佩其象揥。維是褊心。是以為刺。叶音砌 ○賦也。提提安舒之意。宛然讓之貌也。讓而辟者必左。揥所以摘髮。用象為之。貴者之飾也。其人如此。若無有可刺矣。所以刺之者。以其褊迫急促。如前章之云耳。

葛屨二章。一章六句。一章五句

廣漢張氏曰。夫

子謂與其奢也寧儉則儉雖失中本非
惡德然而儉之過則至於吝嗇迫隘計
較分毫之間而謀利之心始急矣葛屨
汾沮洳園有桃三詩皆言急迫瑣碎之意

○衍義云此詩三章
捻是刺其有貴人之
容而無貴人之度也
公族比公行公路為
貴詩意自輕而重

彼汾音焚沮去聲洳音孺言采其莫音暮彼其音記之子
美無度美無度殊異乎公路興也汾水名出太原晉陽山西
南入河沮洳水浸處下濕之地莫菜也似柳
葉厚而長有毛刺可為羹無度言不可以尺
寸量也公路者掌公之路車晉以卿大夫之
庶子為之○此亦刺儉不中禮之詩言若此
人者美則美矣然其儉嗇
褊急之態殊不似貴人也

○彼汾一方言采其桑彼其之子美如英於

○同云興意各四句比興義無取不過以彼字相明為興耳

○史記云扁鵲姓秦名越人遇長桑君飲以上池之水能視見垣一方人索隱曰方猶邊也言能隔墻見彼邊之人也

○刪補云其人外雖美而中實監此詩人之所爲刺也

○衍義云二章一意以憂字爲主上四句憂其國小無政下嘆

良反

美如英殊異乎公行音杭○興也一方彼一方也史記扁鵲視見垣一方人英華也公行即公路也以其主兵車之行列故謂之公行也

○彼汾一曲言采其藚音續彼其之子美如玉美如玉殊異乎公族興也一曲謂水曲流處藚水舃也葉如車前草公族掌公之宗族晉以卿大夫之適子爲之

汾沮洳三章章六句

園有桃其實之殽心之憂矣我歌且謠音遥不知我者謂我士也驕彼人是哉叶將黎反子曰何

人不知其可憂也

○疏云桃實則茹而納之心憂則寫而出之此以出納之意相對爲興恐亦看太深鑿也要依此說

○按魏以國小無政而上下恬然不以爲憂至于晉獻之兵入而遂不可支詩人之言驗矣

其音基心之憂矣其誰知之其誰知之蓋亦勿思叶新齎反○興也殽食也合曲曰歌徒歌曰謠其語辭○詩人憂其國小而無政故作是詩言園有桃則其實之殽矣心有憂則我歌且謠矣然不知我之心者見其歌謠而反以爲驕且曰彼之所爲已是矣而子之言獨何爲哉蓋舉國之人莫覺其非而反以憂之者爲驕也於是憂者重嗟歎之以爲此之可憂初不難知彼之非我特未之思耳誠思之則將不暇非我而自憂矣

○園有棘其實之食心之憂矣聊以行國叶于逼反不知我者謂我士也罔極彼人是哉子曰

○刪補云懷思國之心而重復人之不察詩人之懇切也

○衍義云此詩以不忘乎親爲主三平看不可以孝友並說客上三句是望親所在下皆想像其親念己祝己之言也親字兼父母兄弟而父母爲重觀詩柄只言孝子

何其心之憂矣。其誰知之。其誰知之。蓋亦勿思。興也。棘、棗之短者。聊、且略之辭。歌謠之不足、則出遊於國中而寫憂也。極、至也。罔極、言其心縱恣無所至極。

園有桃二章章十二句

陟彼岵音戶兮。瞻望父兮。父曰。嗟予子行役夙夜無已。上慎旃哉。猶來無止。賦也。山無草木曰岵。上、猶尚也。○孝子行役、不忘其親。故登山以望其父之所在。因想像其父念己之言曰。嗟乎我之子。行役夙夜勤勞、不得止息。又祝之曰。庶幾慎之哉。猶可以來歸。無止於彼而不來也。蓋生可見此雖設爲親念己之言，是以寫己念親之意。此意要補出。行役之言不專指戰伐。

○刪補云：望親而憶其念己，況己之言，可謂善体親心者矣。

則必歸，死則止而不來矣。或曰：止，獲也。言無爲人所獲也。

○陟彼屺音起兮，瞻望母叶滿彼反兮。母曰嗟予季，行役夙夜無寐。上慎旃哉，猶來無棄。賦也。山無草木曰屺。季，少子也。尤憐愛少子者，婦人之情也。無寐，亦言其勞之甚也。棄，謂死而棄其尸也。

○陟彼岡兮，瞻望兄叶虛王反兮。兄曰嗟予弟，行役夙夜必偕叶舉里反。上慎旃哉，猶來無死叶想止反。

○賦也。山脊曰岡。必偕，言與其儕同作同止，不得自如也。

陟岵三章，章六句

○衍義微総閑閑無累自適貌泄泄舒而不迫貌桑者亦只是老農老圃之謂或云采桑之人或云爲桑之人皆未免失之于拘也

○同云二章各上二句是思在野者樂于隱下是欲仕朝者厭于隱也要知是不樂仕于朝與見機而作略異

○音釋云場圃周制國郊之外有廛爲場圃之地者

○刪補云因仕之危而思隱之樂時事可知耳

○衍義云此詩二章一意各上句分述其事而推其志末

十畝之閒叶居賢反兮桑者閑閑叶胡田反兮行與子還叶音旋兮。賦也。十畝之閒郊外所受場圃之地也。閑閑往來者自得之貌。行猶將也。還猶歸也。○政亂國危賢者不樂仕於其朝而思與其友歸於農圃故其詞如此。

○十畝之外叶五墜反兮桑者泄泄音異兮行與子逝兮。賦也。十畝之外鄰圃也。泄泄猶閑閑也。逝往也。

十畝之閒二章章三句

坎坎伐檀叶徒沿反兮寘之河之干叶居焉反兮河水清且漣音連猗音醫不稼不穡胡取禾三百廛直連

句義上而美其人也

○同云一夫所居曰廛蓋古者一夫受田百畝別受五畝以爲宅也三百極言其數之多耳庭有懸貆應是得獸者多懸之于庭故云

○後漢書列傳四十三徐穉傳云徐穉字孺子豫章南昌人也

反兮不狩不獵胡瞻爾庭有縣音玄貆音暄兮彼君子兮不素餐七宣反兮賦也坎坎用力之聲檀木可爲車者寘與置同干厓也漣風行水成文也猗與兮同語辭也書斷斷猗大學作兮莊子亦云而我猶爲人猗是也種之曰稼斂之曰穡胡何也一夫所居曰廛狩亦獵也貆貉類素空餐食也

○詩人言有人於此用力伐檀將以爲車而行陸也今乃寘之河干則河水清漣而無所用雖欲自食其力而不可得矣然其志則自以爲不耕則不可以得禾不獵則不可以得獸是以甘心窮餓而不悔也詩人述其事而歎之以爲是眞能不空食者後世若徐穉之流非其力不食其厲志蓋如此

○大全劉氏曰後漢徐孺子家貧常自耕稼非其力不食又如范文正公居官每計一日飲食奉養之費與所爲之事相稱則無復愧恥苟或不然終夜不能安寢是可謂能勵其志者與

○衍義輻作車輪中轑合者也所謂三十輻共一轂也伐輻未必是檀故云伐木輪亦然三百億言禾秉之數也刈禾之把數不可用禽庾字

○刪補云賢者不以遇窮而易其志此其所以可美也

○坎坎伐輻（音福叶筆力反）兮。寘之河之側（叶莊力反）兮。河水清且直猗。不稼不穡。胡取禾三百億兮。不狩不獵。胡瞻爾庭有縣特兮。彼君子兮。不素食兮。

賦也。輻車輻也。伐木以爲輻也。直波文之直也。十萬曰億。蓋言禾秉之數也。獸三歲曰特。

○坎坎伐輪兮。寘之河之漘（音脣）兮。河水清且淪猗。不稼不穡。胡取禾三百囷（丘倫反）兮。不狩不獵。胡瞻爾庭有縣鶉（音純）兮。彼君子兮。不素飧音孫叶素倫反兮。賦也。輪，車輪也。伐木以爲輪也。淪，小風水成文，轉如輪也。囷，圓倉也。鶉，鶉屬。熟食曰飧。

伐檀三章章九句

碩鼠碩鼠無食我黍三歲貫女貫音慣女音汝莫我肯顧叶果五反逝將去女適彼樂土樂音洛下同樂土樂土爰得我所比也。碩，大也。三歲，言其久也。貫，習。顧，念。逝，往也。樂土，有道之國也。爰，於也。○民困於貪殘之政，故託言大鼠害己而去之也。

○衍義云：三章一意，總是喻其困于貪殘之政，而欲適可樂之所也。但上二章末二句以就利言，末章末二句以避害言。通章俱是托言之比，與他比不同。盖爲尊者諱，不忍直斥之也。

○碩鼠碩鼠無食我麥叶訖力反三歲貫女莫我

○衍義方山口魏國削小儉嗇褊急已可哀矣而又昏亂殘虐以促之使賢者思去其位民人憂去其國欲不亡得乎
○刪補云民情有所託而逝其國政可知矣

肯德。逝將去女。適彼樂國。叶于逼反樂國樂國。爰得我直。
比也。德歸恩也。直猶宜也。

○碩鼠碩鼠。無食我苗。叶音毛三歲貫女。莫我肯勞。逝將去女。適彼樂郊。叶音高樂郊樂郊。誰之永號。
音豪○比也。勞勤苦也。謂不以我爲勤勞也。永號長呼也。言既往樂郊則無復有害己者。當復爲誰而永號乎。

碩鼠三章章八句

魏國七篇十八章一百二十八句

詩緝　二十

唐一之十 唐國名。本帝堯舊都，在禹貢冀州之域。大行恒山之西，太原大岳之野。周成王以封弟叔虞，為唐侯。南有晉水，至子燮乃改國號曰晉。後徙曲沃，又徙居絳。其地土瘠民貧，勤儉質朴，憂深思遠，有堯之遺風焉。其詩不謂之晉而謂之唐，蓋仍其始封之舊號耳。唐叔所都，在今太原府。曲沃及絳皆在今絳州。

蟋蟀在堂，歲聿其莫。音慕 今我不樂，音洛下同 日月其除。去聲 無已大康，音泰 職思其居。叶音據 好去聲樂無荒，良士瞿瞿。音句 ○賦也。蟋蟀，蟲名，似蝗而小，正黑，有光澤如漆，有角

○衍義云：此詩三章一意，通以勤儉為主。上四句言歲晚務閒，乃敢燕飲為樂，固勤儉也。下四句方宴飲而遽相戒，有憂深思遠之意，亦勤儉也。

○衍義嶧山曰。思外比居。較深。思憂比外。較深。瞿瞿未見于爲。至蹶蹶則爲矣。蹶蹶未見其安。至休休則安矣。此詩意之淺深也。

翅。或謂之促織。九月在堂。聿。遂。莫。晚。除。去也。大康。過於樂也。職。主也。瞿瞿。却顧之貌。○唐俗勤儉。故其民閒。終歲勞苦。不敢少休。及其歲晚務閒之時。乃敢相與燕飲爲樂。而言。今蟋蟀在堂。而歲忽已晚矣。當此之時而不爲樂。則日月將舍我而去矣。然其憂深而思遠也。故方燕樂而又遽相戒曰。今雖不可以不爲樂。然不已過於樂乎。盍亦顧念其職之所居者。使其雖好樂而無荒。若彼良士之長慮而却顧焉。則可以不至於危亡也。蓋其民俗之厚。而前聖遺風之遠如此。

○蟋蟀在堂。歲聿其逝。今我不樂。日月其邁。叶力制反 無已大康。職思其外。叶五墜反 好樂無荒。良

○同云周禮春官巾車註云役車方箱則載作器以供役收納禾稼亦用此車故役車休息是歲晚而農工畢也

○刪補云感時爲樂而即傷于所思唐人之慮深矣

士蹶蹶。賦也。逝邁皆去也。外餘也。其所治之事固當思之。而所治之餘。亦不敢忽。蓋其事變或出於平常思慮之所不及。故當過而備之也。蹶蹶動而敏於事也。

○蟋蟀在堂役車其休今我不樂日月其慆音叨叶佗侯反無已大康職思其憂好樂無荒良士休休。賦也。庶人乘役車。歲晚則百工皆休矣。慆過也。休休安閑之貌。樂而有節不至於淫所以安也。

蟋蟀三章章八句

山有樞隰有榆子有衣裳弗曳弗婁子有車

○衍義云此詩恐其過於勤儉而憂思之太甚故解之正勸其及時以爲樂也註曰憂愈深而意愈蹙者蓋前以職業爲憂此以死亡爲憂謂死亡則職業之憂似可以解矣然方生而遽以死爲憂豈不愈深言雖欲樂而情實迫切有得一日適一日意思豈不愈蹙但此意須於言外見之

○同氏永日要消得明日蓋人多憂則汲汲於職業惟恐日之不足而事之難辦似覺得日之短一般飲酒作樂則可以忘憂而不見日之短而可以永日矣

馬弗馳弗驅。宛其死矣，他人是愉。興也。今刺榆也。榆，白枌也。婁，亦曳也。馳，走。驅，策也。宛，坐見貌。愉，樂也。○此詩蓋亦答前篇之意而解其憂。故言山則有樞矣，隰則有榆矣。子有衣裳車馬而不服不乘，則一旦宛然以死，而他人取之以爲己樂矣。蓋言不可不及時爲樂。然其憂愈深，而意愈蹙矣。

○山有栲，音考，叶去九反。隰有杻。音紐。子有廷內，弗洒弗埽。叶蘇后反。子有鍾鼓，弗鼓弗考。叶去九反。宛其死矣，他人是保。叶補苟反。○興也。栲，山樗也。似樗色小白，葉差狹。杻，檍也。葉似杏而尖，白色，皮正赤，其理多曲少直，材可爲弓弩幹者也。考，擊也。保，居有也。

○冊補云此雖以解前篇之憂而其思愈深意愈蹙矣

○左傳桓公二年云晉昭公封成師于曲沃師服諫曰吾聞國家之立也本大而末小是以能固故天子建國諸侯立家今晉甸侯也而建國本既弱矣豈能久乎觀乎此詩則師服之言益信矣

○山有漆音七隰有栗子有酒食何不日鼓瑟且以喜樂音洛且以永日宛其死矣他人入室典也君子無故琴瑟不離於側永長也人多憂則覺日短飲食作樂可以永長此日也

山有樞三章章八句

揚之水白石鑿鑿音作素衣朱襮音博從子于沃叶鬱鑮反既見君子云何不樂音洛○比也鑿鑿巉巖貌襮領也諸侯之服繡黼領而丹朱純也子指桓叔也沃曲沃也○晉昭侯封其叔父成師于曲沃是爲桓叔其後沃盛强而晉微弱國人將叛而歸之故作此詩言水緩弱而石巉巖以比晉

○衍義云首二章言沃強于晉而樂爲之臣末二章言沃將傾晉而欲爲之隱作此詩者蓋曲沃之黨如鄭人歸良之類非晉國人也若國人者叛則聞命亦可告人而沃之伐晉不待武公之時矣

○輯補云首二章欲戴之以爲主而末又欲隱其伐晉之謀此民之私結于沃而晉之所以亡也

衰而沃盛。故欲以諸侯之服從桓叔于曲沃。且自喜其見君子而無不樂也。

○揚之水。白石皓皓。叶胡暴反 素衣朱繡。叶先妙反 從子于鵠。叶居號反 既見君子。云何其憂。叶一笑反 ○比也。朱繡即朱襮也。鵠曲沃邑也。

○揚之水。白石粼粼。我聞有命。叶彌并反 不敢以告人。○比也。粼粼水清石見之貌。聞其命而不敢以告人者。爲之隱也。桓叔將以傾晉而民爲之隱。蓋欲其成矣。○李氏曰。古者不軌之臣。欲行其志。必先施小惠以收衆情。然後民翕然從之。田氏之於齊亦猶是也。故其召公子陽生於魯。國人皆知其已至而不言

所謂我聞有命不敢以告人也

揚之水三章二章章六句一章四句

椒聊之實蕃衍盈升彼其音記之子碩大無朋

椒聊且音疽遠條且興而比也椒樹似茱萸有針刺其實味辛而香烈聊語助也朋比也且歎詞遠條長枝也○椒之蕃盛則采之盈升矣彼其之子則碩大而無朋矣椒聊且遠條且歎其枝遠而實益蕃也此不知其所指序亦以爲沃也

○椒聊之實蕃衍盈匊音菊彼其之子碩大且篤

椒聊且遠條且興而比也兩手曰匊篤厚也

○衍義云各首四句以椒之蕃衍興沃之盛大末二句以椒之遠條益蕃比沃之將來益盛也總是譏美之意

○刪補云既興其盛而又興其益盛此亦民之私附之情也

○紀緒云薪折而散于地必有以綢繆之乃合而成束男女果然不相知名亦必有以綢繆之乃合而成婚故借以起興按昏者夜非束薪之時則此說是也從來無人論到此都成賦其事以起興

○衍義云周禮仲春令會男女三星昏而不見則嫁之候也今

椒聊二章章六句

綢音儔繆平聲束薪三星在天叶鐵因反今夕何夕見此良人子兮子兮如此良人何賦也。綢繆猶纏綿也三星心也。在天昏始見於東方建辰之月也。良人夫稱也。○國亂民貧男女有失其時而後得遂其婚姻之禮者詩人敘其婦語夫之詞曰方綢繆以束薪也而仰見三星之在天今夕不知其何夕也而忽見良人之在此既又自謂曰子兮子兮其將奈此良人何哉喜之甚而自慶之詞也

○綢繆束芻叶側九反三星在隅叶語口反今夕何夕

昏而在天，是建辰之
月，失其時矣。
○疏云：昏而正東，夜
久而東南，夜分而正
南。此以夜之淺深爲
序。
○冊補云：此男女過
時而皆不勝其慶幸
之意也。
○國語云：獸三爲群，
人三爲衆，女三爲粲。

見此邂（音械）逅（音候，叶狠口反）。子兮子兮，如此邂逅何。興也。隅，東南隅也。昏見之星至此，則夜久矣。邂逅，相遇之意。此爲夫婦相語之詞也。

○綢繆束楚，三星在戶。今夕何夕，見此粲者。（叶章與反）子兮子兮，如此粲者何。興也。戶，室戶也。戶必南出，昏見之星至此，則夜分矣。粲，美也。此爲夫語婦之詞也。或曰：女三爲粲。一妻二妾也。

綢繆三章，章六句

有杕（音第）之杜，其葉湑湑（上聲）。獨行踽踽（音矩）。豈無他人，不如我同父。嗟行之人，胡不比（音鼻）焉。人

○衍義云二章意俱五句分上是自傷其孤特下是求助于人也詩柄已盡括此章之意

○詩考云此民間所自作采風者取之以見親疏依助之情在他人不如同父所以敦友愛切親親也

○大全嚴氏曰同姓亦謂兄弟變文成章耳

○刪補云自傷其無親而欲親于人其爲情亦切矣

無兄弟胡不佽音次焉興也。杕，特也。杜，赤棠也。湑湑，盛貌。踽踽，無所親之貌。同父，兄弟也。比，輔。佽，助也。○此無兄弟者自傷其孤特而求助於人之詞。言杕然之杜，其葉猶湑湑然，人無兄弟，則獨行踽踽，曾杜之不如矣。然豈無他人之可與同行也哉。特以其不如我兄弟，是以不免於踽踽耳。於是嗟歎行路之人，何不閔我之獨行而見親，憐我之無兄弟而見助乎。

○有杕之杜，其葉菁菁。音精獨行睘睘。音瓊豈無他人，不如我同姓。叶桑經反嗟行之人，胡不比焉。人無兄弟，胡不佽焉。興也。菁菁，亦盛貌。睘睘，無所依貌。

○衍義云按羔裘君視朝之服卿大夫服亦用之但君純色臣以他物飾其袖此云豹袪豹褎是也袂是袖之大名袪是袖頭之小稱

杕杜二章章九句

羔裘豹袪。音嘔自我人居居。豈無他人。維子之故。賦也。羔裘君純羔。大夫以豹飾。袪袂也。居居未詳。

○羔裘豹褎。音袖自我人究究。豈無他人。維子之好。去聲叶呼候反○賦也。褎猶袪也。究究亦未詳。

羔裘二章章四句此詩不知所謂不敢強解之

肅肅鴇羽。集于苞栩。音許王事靡盬。音古不能蓺稷黍。父母何怙。音戶悠悠蒼天。曷其有所。比也。肅肅

○衍義云三章下意各五句分上托物而喻其失所下呼天而望其得所也重不得養父母也

○删補云皆悲其以從役失養而又冀得所養也

羽聲。鴇鳥名。似鴈而大無後趾。集止也。苞叢生也。栩柞櫟也。其子爲皂斗殼可以染皂者。是也。盬不攻緻也。蓺樹。怙恃也。○民從征役而不得養其父母。故作此詩言。鴇之性不樹止。而今乃飛集于苞栩之上。如民之性本不便於勞苦。今乃久從征役而不得耕田以供子職也。悠悠蒼天。何時使我得其所乎。

○肅肅鴇翼集于苞棘王事靡盬不能蓺黍稷父母何食悠悠蒼天曷其有極　比也。極已也。

○肅肅鴇行音杭集于苞桑王事靡盬不能蓺稻粱父母何嘗悠悠蒼天曷其有常　比也。行列也。稻如今南方所食稻米。水生而色白者也。
粱粟類也。有數色。嘗食也。常復其常也。

鴇羽三章章七句

豈曰無衣七兮。不如子之衣。安且吉兮。賦也。侯伯七命。其車旗衣服皆以七爲節。子。天子也。○史記曲沃桓叔之孫武公伐晉滅之。盡以其寶器賂周釐王。王以武公爲晉君。列於諸侯。此詩蓋述其請命之意。言我非無是七章之衣也。而必請命者。蓋以不如天子之命服之爲安且吉也。蓋當是時周室雖衰。典刑猶在。武公既負弑君簒國之罪。則人得誅之。而無以自立於天地之間。故賂王請命而爲說如此。然其倨慢無禮。亦已甚矣。釐王貪其寶玩。而不思天理民彝之不可廢。是以誅討不加

○衍義云周禮鷩冕七章衣三章一曰華蟲畫以雉即鷩也二曰火三曰宗彝裳四章一曰藻二曰粉米三曰黼四曰黻

○同云二章總是原其所以請命之意而倨傲無禮之狀自寓乎其中豈曰一句只是反詞以起下文不必作自誇之詞此乃自述非詩人述之也

○刪補云武公負纂國之禍而假王靈以熾人心其倨傲無禮甚矣釐王貪其賂而爵命行焉此威矣

○衍義云此詩二章一意各上四句言已之勢不足以致賢下言已之心實切于好賢此人好賢人字明是來詞然寡弱字于

而爵命行焉。則王綱於是乎不振。而人紀或幾乎絶矣。嗚呼痛哉。

○豈曰無衣六兮。不如子之衣。安且燠兮。燠音郁

賦也。天子之卿六命。變七言六者謙也。不敢以當侯伯之命。得受六命之服。比於天子之卿。亦幸矣。燠煖也。言其可以久也。

無衣二章章三句

有杕之杜。生于道左。彼君子兮。噬肯適我。噬音逝中心好之。曷飲食之。好去聲 食音嗣

比也。左東也。噬發語詞。曷何也。○此人好賢而恐不足以致之。故言此杕然之杜生于道左。其蔭不足以休息。如己之寡弱不

常人不切木抵作晉之在位者為是註恐字要玩味是言寡弱不足以來天下士意

○刪補云無致賢之勢而徒切好賢之心此詩人所以傷也

○紀緒云即此葛生之地拆看永畢之志婦人悽慘之情隱然聲此間

足恃賴則彼君子者亦安肯顧而適我哉然其中心好之則不已也但無自而得飲食之耳夫以好賢之心如此則賢者安有不至而何寡弱之足患哉

○有杕之杜生于道周彼君子兮噬肯來遊中心好之曷飲食之 比也周曲也

有杕之杜二章章六句

葛生蒙楚蘞音廉蔓于野叶上與反予美亡此誰與獨處 興也○蘞草名似栝樓葉盛而細蔓延也予美婦人指其夫也○婦人以其夫久從征役而不歸故言葛生而蒙于楚蘞生而蔓于野各有所依託而予之所美者獨不在

○衍義云此詩總是一篇思念之情前三章即物而嘆其身無所依以見思之切後二章感物而失其心無有異以見思之專

○輯補云嘆其相離于今而期以相從于後此婦人情之至而亦義之盡也

是則誰與而獨處於此乎。

○葛生蒙棘。蘞蔓于域。予美亡此。誰與獨息。

興也。域。塋域也。息。止也。

○角枕粲兮。錦衾爛兮。予美亡此。誰與獨旦。

賦也。粲。爛。華美鮮明之貌。獨旦。獨處至旦也

○夏之日。冬之夜。叶羊茹反百歲之後。歸于其居。

叶姬御反○賦也。夏日永。冬夜永。居。墳墓也。

○夏日冬夜。獨居憂思。於是爲切。然君子之歸無期。不可得而見矣。要死而相從耳。鄭氏曰。言此者。婦人專一。義之至。情之盡。蘇氏曰。

思之深而無異心
此唐風之厚也。
○冬之夜。同上夏之日。百歲之後。叶戶音歸于其
室。賦也。室。壙也。

葛生五章章四句

采苓采苓。首陽之巔。叶典因反人之爲言。苟亦無
信。叶斯人反舍旃舍旃。音捨苟亦無然。人之爲言。胡
得焉。比也。首陽。首山之南也。巔。山頂也。旃。之
也。○此刺聽讒之詩。言子欲采苓於首
陽之巔乎。然人之爲是言以告子者。未可遽
以爲信也。姑舍置之。而無遽以爲然。徐察而

○輔廣云。言苓本生
于下濕之地。而謂采
苓于首陽之巔。此理
之所無者。讒人之言
如此。故未可遽以爲
信也

○衍義云此詩是刺其聽讒上四句言讒言之不可信下言讒言之所當棄正說他不能止讒也此將小發明了詩之說與朱註合可依也云首句喻所讒之非下示以止讒之道似未穩玩詩註只言刺讒未嘗言止讒便見

○刪補云此皆明讒言之不可聽而不聽斯足以止讒也

審聽之則造言者無所得而讒止矣或曰興也下章放此

○采苦采苦首陽之下叶後五反人之爲言苟亦無與舍旃舍旃苟亦無然人之爲言胡得焉

比也苦苦菜也生山田及澤中得霜甜脆而美與許也

○采葑采葑首陽之東人之爲言苟亦無從舍旃舍旃苟亦無然人之爲言胡得焉比也從聽也

采苓三章章八句

〇史談云養馬非可
封之功秦國非可輕
之地周之陵夷秦之
強大已於此乎决矣
〇又云當嬴秦始封
大雹牛馬死江漢俱
凍殞霜相之象業兆於
此天道之倚伏可畏
也

唐國十二篇三十三章二百三句

秦一之十一

秦國名其地在禹貢雍州之域近鳥鼠山初伯益佐禹治水有功賜姓嬴氏其後中潏居西戎以保西垂六世孫大駱生成及非子非子事周孝王養馬於汧渭之間馬大蕃息孝王封爲附庸而邑之秦至宣王時犬戎滅成之族宣王遂命非子曾孫秦仲爲大夫誅西戎不克見殺及幽王爲西戎犬戎所殺平王東遷秦仲孫襄公以兵送之王封襄公爲諸侯曰能逐犬戎即有岐豐之地襄公遂有周西都畿内八百里之地至玄孫德公又徙於雍秦即今之秦州雍今京兆府興平縣是也

○衍義云此詩作于秦襄公始爲諸侯時也一章誇其有所未有二章三章快其樂所當樂章章皆有創見誇美意

温按衆車行聲一本依衆車之聲

○刪補云首章誇其君之所有下則必致相樂之意也

有車鄰鄰。有馬白顛。叶典因反未見君子。寺人之令。

毛平聲○賦也。鄰鄰。衆車行聲。白顛。額有白毛也。令。使也。○是時秦君始有車馬及此寺人之官。將見者必先使寺人通之。故國人創見而誇美之也。

○阪音反有漆。隰有栗。既見君子。並坐鼓瑟。今者不樂。逝者其耋。

音垤叶地一反○興也。八十曰耋。○阪則有漆矣。隰則有栗矣。既見君子。則並坐鼓瑟矣。失今不樂。則逝者其耋矣。

○阪有桑。隰有楊。既見君子。並坐鼓簧。今者

○行義云此詩亦前篇剗見誇美之意蓋主田獵而言也三章平看有次序一章從狩時事二章行狩時事三章畢狩時事皆昔無而今有也故誇美之

不樂逝者其亡。興也。簧笙中金葉吹笙。則鼓動之以出聲者也。

車鄰三章一章四句二章章六句

駟驖鐵音孔阜六轡在手公之媚子從公于狩。叶始九反○賦也。駟驖四馬皆黒色如鐵也。孔甚也。阜肥大也。六轡者兩服兩驂各兩轡而驂馬兩轡納之於觖故惟六轡在手也媚子所親愛之人也。此亦前篇之意也。

○奉時辰牡辰牡孔碩叶常灼反公曰左之舍音捨拔音鈸則獲。叶黄郭反○賦也。時是辰時也。牡獸之牡者也。辰牡者冬獻狼夏獻麋春秋獻鹿豕之類奉之者虞人翼以待射也。碩肥大也。公曰左之者命御者使左其車

○删補云詳叙田事之始終亦創見善美之詞也

○韓愈畫記韓文第十三載之

以射獸之左也。蓋射必中其左乃爲中殺。五御所謂逐禽左者爲是故也。拔矢括也。曰左之而舍拔無不獲者言獸之多而射御之善也

○遊于北園四馬既閑叶胡田反輶音由車鸞鑣音標載獫音殮歇驕音囂

○賦也。田事已畢故遊于北園閑調習也。輶輕也。鸞鈴也。效鸞鳥之聲。鑣馬銜也。驅逆之車置鸞於馬銜之兩旁乘車則鸞在衡和在軾也。獫歇驕皆田犬名。長喙曰獫。短喙曰歇驕。以車載犬蓋以休其足力也。韓愈畫記有騎擁田犬者亦此類。

駟驖三章章四句

○衍義云此詩三章平看開說每章上六句是先敘其軍容之盛下二句因及其私情也重分義上

○同云收軫也孔氏曰兵車當輿之內前軫至後軫惟深四尺四寸人之外車自后登之入于車內故以淺深言按左右為廣前后淺深人多誤看

小戎俴音踐收。五楘音木梁輈。音舟游環脅驅。叶俱懼反又居錄反陰靷音胤鋈音沃續。叶辭屢反又如字文茵音因暢轂。叶去聲又駕我騏音其馵。音注又之錄反言念君子。溫其如玉。在其板屋。亂我心曲。賦也。小戎。兵車也。俴。淺也。收。軫也。謂車前後兩端橫木。所以收斂所載者也。凡車之制。廣皆六尺六寸。其平地任載者為大車。則軫深八尺。兵車則軫深四尺四寸。故曰小戎俴收也。五。五束也。楘。歷錄然文章之貌也。梁輈。從前軫以前。稍曲而上。至衡則向下鉤之。橫衡於輈下。而輈形穹隆上曲。如屋之梁。又以皮革五處束之。其文章歷錄然也。游環。靷環也。以皮為環。當兩服馬之背上。游移前卻無

○左傳定公九年云猛笑曰吾從子如驂之有靳　註靳車中馬也

○左傳哀公二年云郵良曰我兩靷將絕吾能止之

定處。引兩驂馬之外轡貫其中而執之所以制驂馬使不得外出。左傳曰如驂之有靷是也。脅驅亦以皮爲之。前係於衡之兩端後係於軫之兩端當服馬脅之外所以驅驂馬使不得內入也。陰揜軌也。軌在軾前而以板橫側揜之以其陰映此軌故謂之陰也。靷以皮二條前係驂馬之頸後係陰版之上也。鋈續陰版之上有續靷之處消白金沃灌其環以爲飾也。蓋車衡之長六尺六寸止容二服驂馬之頸不當於衡故別爲二靷以引車亦謂之靳。左傳曰兩靷將絕是也。文茵車中所坐虎皮褥也。暢長也。轂者車輪之中外持輻內受軸者也。大車之轂一尺有半兵車之轂長三尺二寸故兵車曰暢轂。騏騏文也。馬左足白曰馵。君子婦人目其夫也。溫其如玉美之之詞也。板屋者西戎之俗以版爲屋。心曲心

○衍義歐陽氏曰龍盾二句各有二意畫龍見變化之象載見預備之周係觼見維持之周鋈金見文采之章

中委曲之處也○西戎者秦之臣子所與不共戴天之讎也襄公上承天子之命率其國人往而征之故其從役者之家人先誇車甲之盛如此而後及其私情蓋以義興師則雖婦人亦知勇於赴敵而無所怨矣

○四牡孔阜扶有反六轡在手騏駵音留是中叶諸仍反騧驪是驂龍盾順允反之合鋈以觼軜音納言念君子溫其在邑方何為期胡然我念之賦也赤馬黑鬣曰駵中兩服馬也黃馬黑喙曰騧驪黑色也盾干也畫龍於盾合而載之以為車上之衞必載二者備破毀也觼環之有舌也軜驂內轡也置觼於軾前以係軜故謂之

○刪補云每章先誇其軍容之盛而後叙其私情蓋以義興師雖婦人亦知勇於赴敵而無所怨矣

○衍義孔氏曰物不和則不得群聚故以群爲和也

○儀禮既夕說明器之弓云有䩛　註云弓檠也

觼軜亦消沃白金以爲飾也。邑西鄙之邑也。方將也。將以何時爲歸期乎。何爲使我思念之極也。

○俴駟孔群。厹矛鋈錞。蒙伐有苑。叶音氳虎韔敕亮反鏤膺。交韔二弓。竹閉緄古本反縢。直登反言念君子。載寢載興。厭厭良人。秩秩德音。賦也。俴駟四馬皆以淺薄之金爲甲。欲其輕而易於馬之旋習也。孔甚。群和也。厹矛三隅矛也。鋈錞以白金沃矛之下端平底者也。蒙雜也。伐中干也。盾之別名。苑文貌。畫雜羽之文於盾上也。虎韔以虎皮爲弓室也。鏤膺鏤金以飾馬當胸帶也。交韔交二弓於韔中。謂顛倒安置之。必二弓。以備壞也。閉弓檠也。儀禮作䩛。緄繩。縢

○衍義云此詩三章一意各上四句是因靜而思其人之所在下各言求之而不可得也

約也以竹為閉而以繩約之於弛弓之裏檠弓體使正也載寢載興言思之深而起居不寧也厭厭安也秩秩有序也

小戎三章章十句

蒹古恬反葭音加蒼蒼白露為霜所謂伊人在水一方遡洄音回從之道阻且長遡游從之宛在水中央賦也蒹似萑而細高數尺又謂之薕葭蘆也蒹葭未敗而露始為霜秋水時至百川灌河之時也伊人猶言彼人也一方彼一方也遡洄逆流而上也遡游順流而下也宛然坐見貌在水之中央言近而不可至也○言秋水方盛之時所謂彼人者乃在

○衍義荆川曰此詩不知所指蓋秦尚首功無好賢樂士之風尚勇力無男女游奔之俗其所思只泛言不必求其實也疏義謂思朋友而作

○刪補云意其人之所在而嘆其艱千遇此必其勢有所阻而云然者也

水之一方上下求之而皆不可得然不知其何所指也

○蒹葭淒淒白露未晞所謂伊人在水之湄遡洄從之道阻且躋遡游從之宛在水中坻音遲○賦也淒淒猶蒼蒼也晞乾也湄水草之交也躋升也言難至也小渚曰坻

○蒹葭采采叶此禮反白露未已所謂伊人在水之涘叶以始二音遡洄從之道阻且右叶羽軌反遡游從之宛在水中沚賦也采采言其盛而可采也已止也右不相直而出其右也小渚曰沚

○衍義云此詩要見創見誇美意首章美其容服盛而有以稱其位下章美其佩服盛欲有以久其位諸美意固就容服上見亦要說始為諸侯方見昔無今有意

蒹葭三章章八句

終南何有有條有梅叶莫悲反君子至止錦衣狐裘叶渠之反顏如渥音握丹其君也哉叶將黎反○興也終南山名在今京兆府南條山楸也皮葉白色亦白材理好宜為車版君子指其君也至止至終南之下也錦衣狐裘諸侯之服也玉藻曰君衣狐白裘錦衣以裼之渥漬也其君也哉言容貌衣服稱其為君也此秦人美其君之詞亦車鄰駟驖之意也

○終南何有有紀有堂君子至止黻音弗衣繡裳佩玉將將音鏘壽考不忘○興也紀山之廉角也堂山之寬平處

〇刪補云上章即容服而美其稱位下章即服佩而願其久位皆秦人創見而誇美之詞也

〇衍義云三章一意皆重惴惴之詞各上四句是即物以興從葬之人下各表其良而致深傷之意也

也黻之狀亞兩已相戾也繡刺繡也將將佩玉聲也壽考不忘者欲其居此位服此服長久而安寧也

終南二章章六句

交交黃鳥止于棘誰從穆公子車奄息維此奄息百夫之特臨其穴叶戶橘反惴惴其慄彼蒼者天叶鐵因反殲音尖我良人如可贖兮人百其身

興也。交交，飛而往來之貌。從穆公，從死也。子車氏，奄息名。特，傑出之稱。穴，壙也。惴惴，懼貌。慄，懼。殲，盡。良，善。贖，貿也。〇秦穆公卒，以子車氏之三子為殉，皆秦之良也。國人哀之，為之

○文公六年有之

温按惴惴一本作惴慄

○行義東萊呂氏曰訓防爲當者蓋如隄防之防水然

賦黃鳥事見春秋傳即此詩也言交交黃鳥則止于棘矣誰從穆公則子車奄息也蓋以所見起興也臨穴而惴惴蓋生納之壙中也三子皆國之良而一旦殺之若可貿以他人則人皆願百其身以易之矣

○交交黃鳥止于桑誰從穆公子車仲行音杭維此仲行百夫之防臨其穴惴惴其慄彼蒼者天殲我良人如可贖兮人百其身興也防當也言一人可以當百夫也

○交交黃鳥止于楚誰從穆公子車鍼音拑虎

○刪補云收三良以殉葬此穆公之亂命亦康公之惡意也

○左傳文公六年云以子車氏之三子奄息仲行鍼虎爲殉皆秦之良也國人哀之爲之賦黃鳥君子曰云云善人乎

温按以從之下一本有之字

維此鍼虎百夫之禦臨其穴惴惴其慄彼蒼者天殲我良人如可贖兮人百其身與也禦猶當也。

黃鳥三章章十二句春秋傳曰君子曰秦穆公之不爲盟主也宜哉死而棄民先王違世猶貽之法而況奪之善人乎今縱無法以遺後嗣而又收其良以死難以在上矣君子是以知秦之不復東征也愚按穆公於此其罪不可逃矣但或以爲穆公遺命如此而三子自殺以從則三子亦不得爲無罪今觀臨穴惴慄之言則是康公從父之亂命迫而納之於壙其罪有所歸矣又按史記秦武公卒初以人從死死者六十六人至穆公遂用百七十七人

人而三良與焉蓋其初特出於戎狄之俗而無明王賢伯以討其罪於是習以爲常則雖以穆公之賢而不免論其事者亦徒閔三良之不幸而歎秦之衰至於王政不綱諸侯擅命殺人不忌至於如此則莫知其爲非也嗚呼俗之弊也久矣其後始皇之葬後宮皆令從死工匠生閉墓中尚何恠哉

鴥音聿彼晨風叶孚愔反鬱彼北林未見君子憂心欽欽如何如何忘我實多

興也鴥疾飛貌晨風鸇也鬱茂盛貌君子指其夫也欽欽憂而不忘之貌○婦人以夫不在而言鴥彼晨風則歸于鬱然之北林矣故我未見君子而憂心欽欽也彼君子者如之何而忘我之多乎此與扊扅之歌同

○衍義云此詩三章平看但憂思之意以漸而深各上四句興其切己之思下二句歎其忘我之甚註不在二字亦勿深求

○音釋云扊扅戶扃也百里奚之妻歌曰百里奚五羊皮始別時烹伏雌炊扊扅今日富貴忘我爲

○山谷詩云家人應賦扊扅歌

意蓋秦俗也

○行義云按雍州無鄭衛淫靡之習故其民多深厚之思晨風之歌是也夫秦民輕生樂戰棄其室家而莫之顧寧保其無相忘乎吁視此猶敢之風遠矣

○刪補云屢興己之思而怪夫之忘婦人之情亦切矣

○山有苞櫟音歷叶歷各反隰有六駮音剝未見君子憂心靡樂音洛如何如何忘我實多。興也。駮梓榆也。其皮青白如駮。○山則有苞櫟矣。隰則有六駮矣。未見君子則憂心靡樂矣。靡樂則憂之甚也。

○山有苞棣隰有樹檖未見君子憂心如醉如何如何忘我實多。興也。棣唐棣也。檖赤羅也。實似梨而小。酢可食。如醉則憂又甚矣。

晨風三章章六句

○衍義云三章下意此詩一則見有從王之義一則見有相死之勇意。

豈曰無衣。與子同袍。叶步謀反王于興師。修我戈矛。與子同仇。賦也。袍襽也。戈長六尺六寸。矛長二丈。王于興師。以天子之命而興師也。○秦俗强悍。樂於戰鬭。故其人平居而相謂曰。豈以子之無衣。而與子同袍乎。蓋以王于興師。則將修我戈矛。而與子同仇也。其懽愛之心。足以相死如此。蘇氏曰。秦本周地。故其民猶思周之盛時。而稱先王焉。或曰。興也。取與子同三字爲義。後章放此。

○豈曰無衣。與子同澤。叶徒洛反王于興師。修我矛戟。叶訖約反與子偕作。賦也。澤裏衣也。以其親膚近於垢澤。故謂之澤。戟車戟也。長丈六尺。

○刪補云民以平居而預結敵愾之志秦於是乎强矣

○賈誼過秦論云招八州而朝同列百有餘年矣

温按易字之下一本有以字

○豈曰無衣與子同裳王于興師修我甲兵叶晡茫反與子偕行叶戶郎反○賦也。行，往也。

無衣三章章五句

秦人之俗大抵尚氣槩先勇力忘生輕死故其見於詩如此。然本其初而論之岐豐之地文王用之以興二南之化如彼其忠且厚也。秦人用之未幾而一變其俗至於如此。則已悍然有招八州而朝同列之氣矣。何哉。雍州土厚水深。其民厚重質直。無鄭衛驕惰浮靡之習。以善導之。則易興起。而篤於仁義。以猛驅之則其強毅果敢之資。亦足以彊兵力農而成富彊之業。非山東諸國所及也。嗚呼。後世欲爲定都立國之計者。誠不可

不監乎此。而凡爲國者其於導
民之路尤不可不審其所之也。

我送舅氏。曰至渭陽。何以贈之。路車乘(去聲)黄。

賦也。舅氏秦康公之舅。晋公子重耳也。出亡
在外。穆公召而納之。時康公爲太子。送之渭
陽而作此詩。渭水名。秦時都雍。至渭陽者蓋
東行送之於咸陽之地也。路車諸侯之車也。
乘黄四馬
皆黄也。

○我送舅氏。悠悠我思。(叶新齎反)何以贈之。瓊瑰(音嬀)玉佩。(叶蒲眉反)○賦也。悠悠長也。序以爲
時康公之母穆姬已卒。故康公送其
舅而念母之不見也。或曰穆姬之卒不可
考。此但别其舅而懷思耳。瓊瑰石而次玉。

○衍義方叫曰此是
送之有所在而以所
乘贈之。下是送之有
所思而以所佩贈之
以送爲主。贈乃送中
事也。路車乘黄諸侯
之所乘者。瓊瑰玉佩
諸侯之所服者。舅氏
歸晉將爲諸侯。故以
贈之。

○劉補云送之遠思之長贈之厚此康公用情之至也

○左傳莊公二十八年有之

○左傳文公七年晉敗秦師于令狐

渭陽二章章四句　按春秋傳晉獻公烝於齊姜生秦穆夫人太子申生娶大戎胡姬生重耳小戎子生夷吾驪姬生奚齊其娣生卓子驪姬譖申生申生自殺又譖二公子二公子皆出奔獻公卒奚齊卓子繼立皆爲大夫里克所弒秦穆公納夷吾是爲惠公卒子圉立是爲懷公立之明年秦穆公又召重耳而納之是爲文公王氏曰至渭陽者送之遠也悠悠我思者思之長也路車乘黃瓊瑰玉佩者贈之厚也廣漢張氏曰康公爲太子送舅氏而念母之不見是固良心也而卒不能自克於令狐之役怨欲害乎良心也使康公知循是心養其端而充之則怨欲可消矣

○衍義云二章各上二句言始之盛下言不能繼其始也

○删補云始厚而終薄是謂忘道此賢人之所以嘆也

於我乎夏屋渠渠今也每食無餘于嗟乎（音吁）

不承權輿。賦也。夏大也。渠渠深廣貌。承繼也。權輿始也。○此言其君始有渠渠之夏屋以待賢者而其後禮意寖衰供意寖薄至於賢者每食而無餘於是歎之言不能繼其始也。

○於我乎每食四簋（叶已有反）今也每食不飽（叶捕苟反）于嗟乎不承權輿。賦也。簋瓦器容斗二升方曰簠圓曰簋簠盛稻粱簋盛黍稷四簋禮食之盛也。

權輿二章章五句

漢楚元王敬禮申公白公穆生穆生不嗜酒元王每置酒常為穆生設醴及王戊即位常設後忘設焉穆生退曰可以逝

○前漢書列傳六云楚元王交字游高祖同父少弟也好書多材藝少時嘗與魯穆生白生申公俱受詩於浮丘伯云云

○纂義云朱註引穆生之事爲諭者正推原詩人之心與穆生上略同故云不然則所謂者亦安居晡啜而已亦安得爲賢

○疏云恪敬也王者敬先代封其後三恪尊於諸侯卑於二王

矣醴酒不設王之意怠不去楚人將鉗我於市遂稱疾申公白公强起之曰獨不念先王之德歟今王一旦失小禮何足至此穆生曰先王之所以禮吾三人者爲道之存故也今而忽之是忘道也忘道之人胡可與久處豈爲區區之禮哉遂謝病去亦此詩之意也

秦國十篇二十七章一百八十一句

陳一之十二

陳國名大皥伏羲氏之墟在禹貢豫州之東其地廣平無名山大川西望外方東不及孟諸周武王時帝舜之胄有虞閼父爲周陶正武王賴其利器用與其神明之後以元女大姬妻其子滿而封之于陳都於

之後

○衍義云上章刺其湯而無儀下二章刺其久于蕩而無節

○同徵說曰古者春秋教以禮樂冬夏教以詩書今無冬無夏而值其鷺羽又值其鷺翿則常舞而無度焉又舞以翟今以鷺則素而無文又非正樂也

宛丘之側。與黃帝帝堯之後共爲三恪。是爲胡公。大姬婦人尊貴。好樂巫覡歌舞之事。其民化之。今之陳州即其地也。

子之湯音蕩兮。宛丘之上兮。洵音荀有情兮。而無望兮。賦也。子指遊蕩之人也。湯蕩也。四方高中央下曰宛丘。洵信也。望人所瞻望也。○國人見此人常遊蕩於宛丘之上。故叙其事以刺之。言雖信有情思而可樂矣。然無威儀可瞻望也。

○坎其擊鼓。宛丘之下。叶後五反無冬無夏。叶與下同值音治其鷺羽。賦也。坎擊鼓聲。值植也。鷺春鉏。今鷺鷥好而潔白。頭上有長毛十數枚。羽以其羽爲翳舞者持以指麾也。言無時不出遊而鼓舞於是也。

○刪補云首刺其蕩而失儀下又刺其樂之無節也

○坎其擊缶音否宛丘之道叶徒厚反無冬無夏值其鷺翿音導叶殖有反○賦也缶瓦器可以節樂翿翳也

宛丘三章章四句

○衍義徹總曰東門人所出入宛丘人所往來國之交會地有枌栩之陰人所聚遊也子仲陳大夫氏夫以大夫氏之女聚舞已非所宜況男女相與而樂悅乎

東門之枌音汾宛丘之栩音許子仲之子婆娑音梭其下叶後五反○賦也枌白榆也先生葉郤著莢皮色白子仲之子子仲氏之女也婆娑舞貌○此男女聚會歌舞而賦其事以相樂也

○穀旦于差音釵叶七何反南方之原不績其麻叶謨婆反市也婆娑賦也穀善差擇也○既差擇善旦以會于南方之原於是棄其

○同云一章言其歌舞之處二章言其往會之期三章言其相贈之厚總是述其事以相樂也
○闕補云此其情雖適而其俗則淫矣

業以舞於市而往會也

○穀旦于逝越以鬷音宗邁叶力制反視爾如荍音翹貽我握椒

賦也。逝往。越於。鬷衆也。邁行也。荍芘芣也。又名荊葵紫色。椒芬芳之物也。○言又以善旦而往。於是以其衆行而男女相與道其慕悅之詞曰。我視爾顏色之美如芘芣之華。於是遺我以一握之椒。而交情好也

東門之枌三章章四句

衡門之下可以棲音西遲泌音秘之洋洋可以樂音洛飢

賦也。衡門。横木爲門也。門之深者有阿塾堂宇。此惟横木爲之。棲遲遊息也。泌。

○衍義云首章自安而無勉強之意下二章是自足而無欲羨之心蓋兼自樂無求二意矣

○劉補云首章有忘遇之志下二章無求遇之心此真超然于世累之外者也

○同云魴鯉味之美者食色皆不必于美蓋隨寓而安不願乎外也

泉水也洋洋水流貌○此隱居自樂而無求者之詞言衡門雖淺陋然亦可以遊息泌水雖不可飽然亦可以玩樂而忘飢也。

○豈其食魚必河之魴音房豈其取音娶妻必齊之姜賦也姜齊姓。

○豈其食魚必河之鯉豈其取妻必宋之子叶奨里反○賦也子宋姓。

衡門三章章四句

○衍義云此詩愛慕之心反覆道之即所遇之地可以治乎物與所遇之人可以遂

東門之池可以漚烏豆反麻叶謨婆反彼美淑姬可與晤音悟歌興也池城池也漚漬也治麻者必先以水漬之晤猶解也○此亦男

乎心

○删補云此男女會遇而興其娶之可以通相繫之情也

○衍義云二章只是擬處之意反覆道之本即所見以爲興

女會遇之詞。蓋因其會遇之地所見之物以起興也

○東門之池可以漚紵音苧彼美淑姬可與晤語。興也。紵麻屬。

○東門之池可以漚菅音間叶居賢反彼美淑姬可與晤言。興也。菅葉似茅而滑澤莖有白粉柔韌宜爲索也

東門之池三章章四句

東門之楊其葉牂牂音臧昏以爲期明星煌煌。興也。東門相期之地也。楊柳之揚起者也。牂牂盛貌。明星啓明也。煌煌大明貌。此亦男

〇刪補云此述下一篇皆不美之俗也

〇衍義云首章言其淫慝不悔絶之也二章言其悔過无及微教之也此見詩人愛人无已之意此詩序以為刺陳佗也陳佗无良師傅以至于不義惡加于黎民焉然

女期會而有負約不至者故因其所見以起興也

〇東門之楊其葉肺肺(音霈)昏以為期明星晢晢

晢音制〇興也肺肺猶牂牂也晢晢猶煌煌也

東門之楊二章章四句

墓門有棘斧以斯之夫也不良國人知之知而不已誰昔然矣

興也墓門凶僻之地多生荊棘斯析也夫指所刺之人也誰昔昔也猶言疇昔也〇言墓門有棘則斧以斯之矣此人不良則國人知之矣國人知之猶不自改則自疇昔而已然非一日之積矣所謂不良之人亦不知其何所指也

朱註謂不知所指只作泛判其人之無良說

○刪補云上章言其積惡之久思其始也下章言其悔怨之遲慮其終也

○衍義云防隄防也防之上有木而鵲巢于其上也邛丘也苕生于丘中也

○墓門有梅有鴞萃止夫也不良歌以訊（叶息悴反）之訊予不顧（叶果五反）顛倒思予（叶演女反）○興也鴞惡聲之鳥也萃集訊告也顛倒狼狽之狀○墓門有梅則有鴞萃之矣夫也不良則有歌其惡以訊之者矣訊之而不予顧至於顛倒然後思予則豈有所及哉或曰訊予之予疑當作而字依前章

墓門二章章六句

防有鵲巢邛（音窮）有旨苕（音條叶徒刀反）誰侜（音周）予美心焉忉忉（音刀）○興也防人所築以捍水者邛丘旨美也苕苕饒也莖如勞豆

○同云此詩亦憂慮之意反覆道之以彼所宜有之物與此所不當有之事也所與私之人或男指女或女指男不可知要看得活

○衍義云此詩亦因所見以起興有悅之至思之切憂之深意

而細葉似蒺藜而青其莖葉緑色可生食如小豆藿也侜侜張也猶鄭風之所謂迋也予美指所與私者也忉忉憂貌○此男女之有私而憂或間之之詞故曰防則有鵲巣矣邛則有旨苕矣今此何人而侜張予之所美使我憂之而至於忉忉乎

○中唐有甓音闢邛有旨鷊音逆誰侜予美心焉惕惕音剔○興也廟中路謂之唐甓瓴甋也鷊小草雜色如綬惕惕猶忉忉也

防有鵲巣二章章四句

月出皎兮佼音絞人僚音了兮舒窈音杳糾音矯兮勞心悄兮○興也皎月光也佼人美人也僚好貌窈幽遠也糾愁結也悄憂也○此亦

捻見思念之情反覆道之也

○同云七一句以月出之光興容貌之美所謂相悅也下則因其容而不遂故心憂而悄然所謂相念也

○刪補云此連上篇亦皆不美之俗也

男女相悅而相念之詞言月出則皎然矣佼人則僚然矣安得見之而舒窈糾之情乎是以為之勞心而悄然也。

○月出皓音昊兮佼人懰音柳叶朗老反兮舒懮音黝受叶時倒反兮勞心慅音草兮。懰，好貌。懮受，憂思也。慅，猶悄也。

○月出照兮佼人燎音料兮舒夭上聲紹音邵兮勞心慘當作懆七弔反兮。燎，明也。夭紹，糾緊之意。慘，憂也。

月出三章章四句

胡為乎株林從夏上聲南叶尼心反下同匪適株林從

○翁義云此詩本言從夏姬也乃不明言所從之人而特言其子二章本欲從夏姬之類也乃不明言其人而但指其地此詩之微婉處也然詞若為尊者諱而其事則有不可掩者矣

○刪補云夏姬之淫不可言也故言但指其子下但指其地而言之于此見靈公之無道而陳之所以滅也

○左傳宣公九年十年十一年有之

夏南賦也。株林夏氏邑也。夏南徵舒字也。○靈公淫於夏徵舒之母朝夕而往夏氏之邑故其民相與語曰君胡爲乎株林乎曰從夏南耳然則非適株林也特以從夏南故耳蓋淫乎夏姬不可言也故以從其子言之詩人之忠厚如此

○駕我乘去聲馬叶滿補反說音稅于株野叶上與反乘平聲我乘駒朝食于株賦也。說舍也。馬六尺以下曰駒。

株林二章章四句

春秋傳夏姬鄭穆公之女也。嫁於陳大夫夏御叔靈公與其大夫孔寧儀行父通焉。洩冶諫不聽而殺之。後卒爲其子徵舒所弒而徵舒復爲楚莊王所誅

○衍義云此詩以物與地相稱事與類相違二有字相呼與下無字相反應爲與重在思念之情

○同王氏曰澤陂殊林之應也有關雎之風則薰爲桃夭之正而麟趾應之有宛丘之俗則流爲株林之淫而澤陂應之微之著也如此矣

彼澤之陂叶音波有蒲與荷音何有美一人傷如之何寤寐無爲涕泗音四滂沱

興也陂澤障也蒲水草可爲席荷芙蕖也自目曰涕自鼻曰泗○此詩之旨與月出相類言彼澤之陂則有蒲與荷矣有美一人而不可見則雖憂傷而如之何哉寤寐無爲涕泗滂沱而已矣

○彼澤之陂有蒲與蕑音間叶居賢反有美一人碩大且卷音權寤寐無爲中心悁悁音娟

○興也蕑蘭也卷鬢髮之美也悁悁猶悒悒也

○彼澤之陂有蒲菡萏叶待檢反有美一人碩大

〇刪補云此亦不美之俗也

〇衍義眉山蘇氏曰變風終于陳靈何也陳靈以後未嘗無詩而仲尼有所不取也

且儼。寤寐無爲。輾轉伏枕。叶知險反〇興也。菡萏荷華也。儼矜莊貌。輾轉伏枕。卧而不寐。思之深且久也。

澤陂三章章六句

陳國十篇二十六章一百二十四句

東萊呂氏曰變風終於陳靈其間男女夫婦之詩一何多邪曰有天地然後有萬物有萬物然後有男女有男女然後有夫婦有夫婦然後有父子有父子然後有君臣有君臣然後有上下有上下然後禮義有所錯男女者三綱之本萬事之先也正風之所以爲正者舉其正者以勸之也變風

之所以爲變者舉其不正者以戒之
也道之升降時之治亂俗之汙隆民
之死生於是乎在錄之煩
悉篇之重復亦何疑哉。

檜一之十三 檜國名高辛氏火正祝融
之墟在禹貢豫州外方之
北。滎波之南居溱洧之間其君妘姓。祝
融之後周衰爲鄭桓公所滅而遷國焉。
今之鄭州即其地也。蘇氏以爲檜詩皆
爲鄭作如邶鄘之於衛也未知是否

羔裘逍遥狐裘以朝 音潮叶直勞反 豈不爾思勞心
忉忉 音刀○賦也。緇衣羔裘諸侯之朝服。錦衣狐裘其朝天子之服也。舊說檜君好
潔其衣服逍遥遊宴而不能
自強於政治故詩人憂之。

○行義云三章意
歷言其君好玩乎
服飾而在己深致其
憂也

○刪補云卽服飾之美便見政治之衰此詩人所以憂也

○禮記檀弓上云喪事欲其縱縱爾吉事欲其折折爾

○羔裘翺翔狐裘在堂豈不爾思我心憂傷

賦也翺翔猶逍遥也堂公堂也○

羔裘如膏日出有曜叶羊號反豈不爾思中心是悼

賦也膏脂所漬也日出有曜日照之則有光也

羔裘三章章四句

庶見素冠兮棘人欒欒音鸞兮勞心慱慱音團兮○

賦也庶幸也縞冠素紕既祥之冠也黑經白緯曰縞緣邊曰紕棘急也喪事欲其總總爾哀遽之狀也欒欒瘠貌慱慱憂勞之貌○祥冠祥則冠之禫則除之今人皆不能行三年之喪矣安得見此服乎當時賢者庶幾見之

○衍義云此詩揔是冀見終喪之人而致其情如此但首章極言憂勞下二章兼言憂慕稍不同耳庶幸也乃望幸之幸非既見而喜幸之辭

○刪補云皆冀見終喪之人而爲之深致其情蓋以古禮望天下之意也

至於憂勞也。

○庶見素衣兮我心傷悲兮聊與子同歸兮

賦也素冠則素衣矣與子同歸愛慕之詞也。

○庶見素韠韠音畢兮我心蘊結兮叶訖力反聊與子如一兮

賦也韠蔽膝也以韋爲之冕服謂之韍其餘曰韠韠從裳色素衣素裳則素韠矣蘊結思之不解也與子如一甚於同歸矣。

素冠三章章三句

按喪禮爲父爲君斬衰三年昔宰予欲短喪夫子曰予生三年然後免於父母之懷夫三年之喪天下之通喪也予也有三

○毛萇傳有之
温按傳曰云云檀弓
載之為子夏子張之
事家語詩傳為子夏閔
子騫之事正義以家
語詩傳為正當從之

○衍義云三章下意
首章嘆草木無知有
知則有憂次章末章
歎草木無室無家見
已有室家則有所累

年之愛於其父母作傳曰子夏三年之喪畢見於夫子援琴而弦衎衎而樂作而曰先王制禮不敢不及夫子曰君子也閔子騫三年之喪畢見於夫子援琴而弦切切而哀作而曰先王制禮不敢過也夫子曰君子也子路曰敢問何謂也夫子曰子夏哀已盡能引而致之於禮故曰君子也閔子騫哀未盡能自割以禮故曰君子也夫三年之喪賢者之所輕不肖者之所勉

隰有萇(音長)楚猗(音阿)儺(音那)其枝夭(平聲)之沃沃樂(音洛)子之無知

賦也萇楚銚弋今羊桃也子如小麥亦似桃猗儺柔順也夭少好貌沃沃光澤貌子指萇楚也○政煩賦重

○同徵絲曰有生之樂人孰無而詩人乃反樂草木之無知則其不聊生亦甚矣深悲極痛之詞

○劉補云人而自嘆其不知物則虐政之害民也甚矣

人不堪其苦嘆其不如草木之無知而無憂也

○隰有萇楚猗儺其華夭之沃沃樂子之無家

賦也無家言無累也

○隰有萇楚猗儺其實夭之沃沃樂子之無室

賦也無室猶無家也

隰有萇楚三章章四句

匪風發兮 叶方月反 匪車偈兮 音揭 顧瞻周道中心怛兮 叶旦悅反

賦也發飄揚貌偈疾驅貌周道適周之路也怛傷也○周室衰微賢

○衍義云此詩諸說俱作東遷后者○首章分七是欲傷周之意傷其衰微也下是欲原從周之人望其興復也意亦相承非兩平也玩末章謂人以朝周之義只是傷周之衰微耳

○刪補云上二章重嘆周之感下章欲繫宗周之義蓋憫其亡發而思鼓其復興詩人可謂心存王室矣

人憂嘆而作此詩言常時風發而車偈而中心怛然今非風發也非車偈也特顧瞻周道而思王室之陵遲故中心爲之怛然耳。

○匪風飄（匹妙反）兮。匪車嘌（音漂叶匹妙反）兮。顧瞻周道。中心弔兮。

賦也。回風謂之飄。嘌，漂搖不安之貌。弔，亦傷也。

○誰能亨魚。溉（音漑）之釜鬵（音尋）。誰將西歸。懷之好音。

興也。溉，滌也。鬵，釜屬。西歸，歸于周也。誰能亨魚乎有則我願爲之溉其釜鬵。誰將西歸乎有則我願慰之以好音。以見思之之甚但有西歸之人即思有以厚之也

匪風三章章四句

檜國四篇十二章四十五句

曹一之十四

曹國名其地在禹貢兗州陶丘之地雷夏荷澤之野周武王以封其弟振鐸今之曹州即其地也

蜉蝣之羽衣裳楚楚叶創舉反心之憂矣於我歸處

比也蜉蝣渠略也似蛣蜣身狹而長角黃黑色朝生暮死楚楚鮮明貌○此詩蓋以時人有玩細娛而忘遠慮者故以蜉蝣爲比而刺之言蜉蝣之羽翼猶衣裳之楚楚可愛也然其朝生暮死不能久存故我心憂之而欲其於我歸處耳序以爲刺其君或然而未有考也

温按註陶丘之地一本作陶丘之北恐是

○衍義云此詩三章一章各上二句喩人無遠慮之患下是致憂誚之意也此刺意本不知何指疑是刺當時之君相者

温按註身狹而長角亦推作身狹而長有角恐當從之

○同云或以羽翼喩玩細娛以不能久存喩忘遠慮是又一說

○輯補云憂喻其怨遂之失而又欲以救其失也

○古注鄭箋云握閱掘地解閱也謂其始生時也

○衍義云此章是反興以候人何戈祋之宜與小人服赤芾之非宜服言赤芾見小人得志而言三百又

○蜉蝣之翼。采采衣服。叶蒲北反 心之憂矣。於我歸息。比也。采采。華飾也。息。止也。

○蜉蝣掘閱。求勿反 麻衣如雪。心之憂矣。於我歸說。音稅叶輸爇反 ○比也。掘閱。未詳。說。舍息也。

蜉蝣三章章四句

彼候人兮。何上聲 戈與祋。都律都外二反 彼其音記 之子。三百赤芾。音弗 ○興也。候人。道路迎送賓客之官。何。揭。祋。殳也。之子。指小人。芾。冕服之韠也。一命縕芾黝珩。再命赤芾黝珩。三命赤芾葱珩。大夫以上。赤芾乘軒。○此刺

見其得志者多也
○左傳僖公二十八年有之
○衍義云彼鵜水鳥也鵜在水則濡其咮維鵜在梁則不濡其咮矣然則有大夫之德者宜美人君之寵也若彼其之子乃凡品也今乃居大夫之位而蒙赤芾之寵則亦不稱其寵矣君何爲而服之以此說

其君遠君子而近小人之詞言彼候人而何戈與祋者宜也彼其之子而三百赤芾何哉晉文公入曹數其不用僖負羈而乘軒者三百人其謂是歟

○維鵜音啼在梁不濡其翼彼其之子不稱去聲其服叶蒲北反○興也鵜洿澤水鳥也俗所謂淘河也

○維鵜在梁不濡其咮音晝彼其之子不遂其媾音垢○興也咮喙遂稱媾寵也遂之曰稱猶今人謂遂意曰稱意

○薈音穢兮蔚音畏兮南山朝隮音賷婉兮孌兮季女斯飢比也薈蔚草木盛多之貌朝隮雲氣升騰也婉少貌孌好貌○薈蔚朝隮

○删補云前三章興譏小之濫用末則喻賢者之失宜總是見其君用舍之舛也

言小人衆多而氣燄盛也季女婉孌自保不妄從人而反飢困言賢者守道而反貧賤也

候人四章章四句

鳲鳩在桑其子七兮淑人君子其儀一兮其儀一兮心如結兮結叶訖反

興也鳲鳩秸鞠也亦名戴勝今之布穀也飼子朝從上下暮從下上平均如一也如結如物之固結而不散也○詩人美君子之用心均平專一故言鳲鳩在桑則其子七矣淑人君子則其儀一矣其儀一則心如結矣然不知其何所指也陳氏曰君子動容貌斯遠暴慢正顏色斯近信出辭氣斯遠鄙倍其見於威儀動作之間者有常度矣豈固為是拘拘者哉蓋和順積中而英華發外是以由其

○衍義云通章以用心均平專一為主首章即其儀之一而美其心之一重心上但心之一無自見故以儀言之二章即服之一端驗其儀之一三章兼上儀一而美其足以化人蓋以法人為儀一之驗也末章又兼正四國而言其發

壽之久亦驗其儀之一也惣之皆如結之心爲之矣

○衍義云曹之俗蜉蝣有麻衣之刺候人有赤芾之譏而少有若鳲鳩君子出焉可謂不爲習俗所移者矣

威儀一於外而心如結於内者從可知也。

○鳲鳩在桑其子在梅叶莫悲反淑人君子其帶伊絲叶新賚反其帶伊絲其弁伊騏音其○興也鳲鳩常言在桑其子每章異木子自飛去母常不移也帶大帶也大帶用素絲有雜色飾焉弁皮弁也騏馬之青黑色者弁之色亦如此也書云四人騏弁今作綦○言鳲鳩在桑則其子在梅矣淑人君子則其帶伊絲矣其帶伊絲則其弁伊騏矣言有常度不差忒也。

○鳲鳩在桑其子在棘淑人君子其儀不忒。其儀不忒正是四國。叶于逼反○興也有常度而其心一故儀不忒儀不忒則足以正四國矣大學傳曰其爲父輯補云首章即儀之善而知其心之善，二章正其所有儀者，三章則推其法人而感矣也。

衍義云此詩前三章是傷今，末章是思古。然非截然兩平，蓋因傷今而思古，而思古者所以傷今之不然也。

子兄弟足法，而後民法之也。

○鳲鳩在桑，其子在榛。淑人君子，正是國人。正是國人，胡不萬年。叶尼因反。○興也。儀不忒，故能正國人。胡不萬年，願其壽考之詞也。

鳲鳩四章，章六句

洌音列彼下泉，浸彼苞稂。音郎愾苦愛反我寤嘆，念彼周京。叶居良反○比而興也。洌，寒也。下泉，泉下流者也。苞，草叢生也。稂，童粱，莠屬也。愾，歎息之聲也。周京，天子所居也。○王室陵夷，而小國困弊，故以寒泉下流，而苞稂

○刪補云傷今之衰而復思古之盛詩人之感深矣

見傷為比遂興其愾然以念周京也

○冽彼下泉浸彼苞蕭叶踈鳩反愾我寤嘆念彼京周比而興也蕭蒿也京周猶周京也

○冽彼下泉浸彼苞蓍音尸愾我寤嘆念彼京師叶霜夷反○比而興也蓍筮草也京師猶京周也詳見大雅公劉篇

○芃芃音蓬黍苗陰雨膏去聲之四國有王郇音荀伯勞去聲之比而興也芃芃美貌郇伯郇侯文王之後嘗為州伯治諸侯有功○言黍苗既芃芃然矣又有陰雨以膏之四國既有王矣而又有郇伯以勞之傷今之不然也

○周易剝卦上九云碩果不食君子得輿小人剝廬彖曰君子得輿民所載也小人剝廬終不可用也

下泉四章章四句

程子曰易剝之爲卦也諸陽消剝已盡獨有上九一爻尚存如碩大之果不見食將有復生之理上九亦變則純陰矣然陽無可盡之理變於上則生於下無間可容息也陰道極盛之時其亂可知亂極則自當思治故衆心願戴於君子君子得輿也詩匪風下泉所以居變風之終也○陳氏曰亂極而不治變極而不正則天理滅矣人道絶矣聖人於變風之極則係之以思治之詩以示循環之理以言亂之可治變之可正也

曹國四篇十五章六十八句

豳一之十五

豳國名在禹貢雍州岐山之北原隰之野虞夏之際

史記云不窋末年夏后氏政衰去稷不務

太全孔氏曰韋昭以爲不窋當太康之時

棄爲后稷而封於邰及夏之衰棄稷不務棄子不窋失其官守而自竄於戎狄之間不窋生鞠陶鞠陶生公劉能復脩后稷之業民以富實乃相土地之宜而立國於豳之谷焉十世而大王徙居岐山之陽十二世而文王始受天命十三世而武王遂爲天子武王崩成王立年幼不能涖阼周公旦以冢宰攝政乃述后稷公劉之化作詩一篇以戒成王謂之豳風而後人又取周公所作及凡爲周公而作之詩以附焉豳在今邠州三水縣邰在今京兆府武功縣

七月流火叶虎委反九月授衣叶上聲一之日觱音必發叶方吠反二之日栗烈叶力制反無衣無褐音曷叶許例反

○衍義微玆曰玩本文授字于字舉字同字饁字至字見其長幼夫婦老少上下皆有惶皇服事一息不自安人不得暇之意卽此亦可以想見當時邠俗之勤

何以卒歲三之日于耜叶羊里反四之日舉趾同我婦子叶奬里反饁音曄彼南畝叶滿彼反田畯音俊至喜

賦也。七月斗建申之月夏之七月也。後凡言月者放此。流下也。火大火心星也。以六月之昏加於地之南方至七月之昏則下而西流矣。九月霜降始寒而蠶績之功亦成。故授人以衣使禦寒也。一之日謂斗建子一陽之月。二之日謂斗建丑二陽之月也。變月言日言是月之日也。後凡言日者放此。蓋周之先公已用此以紀候故周有天下遂以爲一代之正朔也。觱發風寒也。栗烈氣寒也。褐毛布也。歲夏正之歲也。于往也。耜田器也。于耜言往修田器也。舉趾舉足而耕也。我家長自我也。饁餉田也。田畯田大夫勸農之官也。○周公以成王未知稼穡之艱難故陳后稷公劉風化之所由使瞽矇朝夕諷誦以教之此章首言七月暑退將寒故九月而授衣以禦之蓋十一月以後風氣日寒不如是則無以卒歲也正月則往修田器二月則舉趾而耕少者既皆出而在田故老者率婦子而餉之治田早而用力齊是以田畯至而喜之也此章前段言衣之始後段言食之始二章至五章終前段之意六章至八章終後段之意

○七月流火九月授衣春日載陽有鳴倉庚叶古郎反女執懿筐遵彼微行叶戶郎反爰求柔桑春日遲遲采蘩祁祁女心傷悲殆及公子同歸

○衍義徽懿曰玩執懿筐遵微行句即可以想見旁求遍采之勤玩祁祁句即可以想見當時貴家大族都邑士女無不力于蚕桑之意而于春日遲遲有鳴倉庚女心傷悲又可以想見一時情景之宛然益言之曲盡者也

賦也。載，始也。陽，温和也。倉庚，黄鸝也。懿，深美也。遵，循也。微行，小徑也。柔桑，穉桑也。遲遲，日長而暄也。蘩，白蒿也。所以生蠶，今人猶用之。蓋蠶生未齊，未可食桑，故以此啖之也。祁祁，衆多也。或曰徐也。公子，豳公之子也。○再言流火授衣者，將言女功之始，故又本於此，遂言春日始和，有鳴倉庚之時，而蠶始生，則執深筐以求穉桑。然又有生而未齊者，則采蘩者衆，而此治蠶之女感時而傷悲。蓋是時公子猶娶於國中，而貴家大族連姻公室者，亦無不力於蠶桑之務，故其許嫁之女預以將及公子同歸，而遠其父母爲悲也。其風俗之厚，而上下之情交相忠愛如此。後章凡言公子者放此。

○七月流火，八月萑音完葦。音偉蠶月條音挑桑，取

○衍義劉氏曰：蠶月，大約當在建辰之月。

蠶盛之時先儒或疑
此詩専闕三月蓋已
具于蠶月之間耳

○音釋云隋狹而長
也銎斧斤受柄處也

○衍義云上章于春
日而求桑以養蠶爲
今年授衣計也此章
于八月萑葦既成而
預蓄之以爲曲薄爲
明年養蠶計也上是
蠶事之始此則蠶事
之成也

彼斧斨音槍以伐遠揚猗音伊彼女桑七月鳴鵙音決八月載績載玄載黃我朱孔陽爲公子裳

賦也萑葦即蒹葭也蠶月治蠶之月條桑枝落之采其葉也斧隋銎斨方銎遠揚遠枝揚起者也取葉存條曰猗女桑小桑也小桑不可條取故取其葉而存其條猗猗然耳鵙伯勞也績緝也玄黑而有赤之色朱赤色陽明也○言七月暑退將寒而是歲禦冬之備亦庶幾其成矣又當預擬來歲治蠶之用故於八月萑葦既成之際而收蓄之將以爲曲薄至來歲治蠶之月則采桑以供蠶食而大小畢取見蠶盛而人力至也蠶事既備又於鳴鵙之後麻熟而可績之時則績其麻以爲布而凡此蠶績之所成者皆染之或玄或黃而

其朱者尤爲鮮明，皆以供上而爲公子之裳。
言勞於其事而不自愛，以奉其上，蓋至誠慘
怛之意。上以是施之，下以是報之也。以上二
章專言蠶績之事，以終
首章前段無衣之意。

○四月秀葽，音腰五月鳴蜩。音條八月其穫，音鑊十
月隕蘀。音託一之日于貉，音鶴取彼狐狸，爲公子
裘。叶渠之反二之日其同，載纘武功。言私其豵，音宗
獻豜音堅于公。賦也。不榮而實曰秀。葽，草名。蜩，蟬也。穫，禾之早者可穫也。隕，墜。
蘀，落也，謂草木隕落也。貉，狐貍也。于貉，猶言
于耜，謂往取狐狸也。同，竭作以狩也。纘，習而
繼之也。豵，一歲豕。豜，三歲豕。○言自四月純

○行義鄭氏曰：物生于陽而成于陰。四月陽至而陰已胎，葽成，陰氣之早者也。故物之成者自葽始。不榮而實，猶言不華而實者也。木謂之華，草謂之榮。

陽而歷一陰。四陰以至純陰之月。則大寒之
候將至。雖蠶桑之功無所不備。猶恐其不足
以禦寒。故于貉而取狐狸之皮。以爲公子之
裘也。獸之小者私之。以爲己有。而大者則獻
之於上。亦愛其上之無已也。此章專
言狩獵。以終首章前段無褐之意。

○五月斯螽音終動股。六月莎音蓑雞振羽。七月
在野。叶上與反八月在宇。九月在戶。十月蟋蟀入
我牀下。叶後五反穹起弓反窒珍悉反熏許云反鼠。塞入聲
向墐音覲戶。嗟我婦子。叶茲五反曰爲改歲。入此室
處。
賦也。斯螽。莎雞。蟋蟀。一物隨時變化。而異
其名。動股。始躍而以股鳴也。振羽。能飛而

○衍義徽弦曰按斯
螽蝗也。莎雞促織也
蟋蟀蛩也。自是三物
又得謂之一物。又安
得謂之隨時變化而
異其名。朱註此一處
可改之

○衍義云書急蒙三止。蔡氏以爲子丑寅之建唐虞以前當已有之故豳公劉國偏方亦有十月改歲之說

○同朱豐城曰此章當有介眉壽食農夫之字介有助之之意。則非以爲常食也食

以翅鳴也。宇、簷下也。暑則在野、寒則依人。穹、空隙也。窒、塞也。向、北出牖也。墐、塗也。庶人華戶。冬則塗之。東萊呂氏曰、十月而曰改歲、三正之通於民俗尚矣。周特舉而迭用之耳。○言觀蟋蟀之依人、則知寒之將至矣。於是室中空隙者塞之、熏鼠使不得穴於其中、塞向以當北風、墐戶以禦寒氣、而語其婦子曰、歲將改矣、天既寒而事亦已、可以入此室處矣。此見老者之愛也。此章亦以終首章前段禦寒之意。

○六月食鬱及薁、音郁七月亨音烹葵及菽。音叔八月剝棗、音走十月穫稻、叶徒苟反爲此春酒、以介眉壽。叶殖酉反七月食瓜、叶音孤八月斷壺、九月叔苴、

有養之之者固以是爲常食也然則菓酒嘉蔬非不可以及少也而養老之意多瓜壺苴荼老者未必不食也而不可以爲常故于見食稻食肉乃老者之常而菓酒作蔬必于常食之外以佐而致其勸也此亦人之老所以無凍餒歟

音疽采荼音徒薪樗敕書反食音嗣我農夫賦也。鬱棣屬。薁。蘡薁也。葵。菜名。菽。豆也。剝。擊也。穫稻以釀酒也。介。助也。介眉壽者。頌禱之詞也。壺。瓠也。食。瓜斷壺。亦去圃爲場之漸也。叔。拾也。苴。麻子也。荼。苦菜也。樗。惡木也。○自此至卒章。皆言農圃飲食祭祀燕樂。以終首章後段之意。而此章果酒嘉蔬以供老疾奉賓祭。瓜瓠苴荼以爲常食。少長之義。豊儉之節然也。

○九月築場圃音布十月納禾稼叶古護反黍稷重平聲穋音六叶六直反禾麻菽麥叶訖力反嗟我農夫我稼既同。上入執宮功。晝爾于茅。宵爾索綯。音陶亟

○同安城劉氏曰。十月禾稼既同之後。而入治邑居。卽蟋蟀入床下。而塞向墐戶之時也。固是促役重治室御寒。此不過趣其播百穀。以著始終憂勤之念耳。

音棘

其乘屋。其始播百穀。

賦也。場圃同地。物生之時則耕治以爲圃。而種菜茹。物成之際則築堅之以爲場。而納禾稼。蓋自田而納之於場也。禾者穀連藁秸之總名。禾之秀實而在野曰稼。先種後熟曰重。後種先熟曰穋。再言禾者。稻秫苽粱之屬皆禾也。同聚也。宮邑居之宅也。古者民受五畝之宅。二畝半爲廬在田。春夏居之。二畝半爲宅在邑。秋冬居之。功葺治之事也。或曰公室官府之役也。古者用民之力。歲不過三日是也。索絞也。綯索也。乘升也。○言納於場者無所不備。則我稼同矣。可以上入都邑而執治宮室之事矣。故晝往取茅。夜而絞索。亟升其屋而治之。蓋以來歲將復始播百穀。而不暇於此故也。不待督責。而自相警戒。不敢休息如此。呂氏曰。此章終始農事。以極憂勤艱難之意。

○二之日鑿氷沖沖三之日納于凌陰音叶於容反四之日其蚤早音獻羔祭韭音九叶己小反九月肅霜十月滌音笛場朋酒斯饗叶虚良反曰殺羔羊躋音齎彼公堂稱彼兕觥音肱叶古黄反萬壽無疆賦也。鑿氷謂取氷於山也。沖沖鑿氷之意。周禮正歲十二月令斬氷是也。納藏也。藏氷所以備暑也。凌陰氷室也。豳土寒多。正月風未解凍。故氷猶可藏也。蚤蚤朝也。韭菜名。獻羔祭韭而後啓之。月令仲春獻羔開氷。先薦寢廟是也。蘇氏曰。古者藏氷發氷。以節陽氣之盛。夫陽氣

○左傳昭公四年云其藏氷也深山窮谷固陰沍寒於是乎取之

○衍義云蓋陰非冰無以輔其衰陽非冰無以節其盛也其藏之也黑牡秬黍以祭司寒其出之也桃弧棘矢以除其災

温按註故當本作故常

○同云詩食肉之祿謂在朝廷治其職事就官食者此等人老病有冰飲食不壞喪浴有冰皮体不臭蘇氏云愆陽謂冬温伏陰謂夏寒也

○鄉飲酒有兩則當是十二月因大蜡而飲酒也

温按兩尊壺儀禮作尊兩壺

之在天地譬如火之著於物也故當有以解之十二月陽氣蘊伏錮而未發其盛在下則納冰於地中至於二月四陽作蟄蟲起陽始用事則亦始啓冰而廟薦之至於四月陽氣畢達陰氣將絕則冰於是大發食肉之祿老病喪浴冰無不及是以冬無愆陽夏無伏陰春無凄風秋無苦雨雷出不震無災霜雹癘疾不降民不夭札也胡氏曰藏冰開冰亦聖人輔相燮調之一事耳不專恃此以爲治也肅霜氣肅而霜降也滌場者農事畢而掃場地也兩尊曰朋鄉飲酒之禮兩尊壺于房戶間是也躋升也公堂君之堂也稱舉也疆竟也○張子曰此章見民忠愛其君之甚既勸趨其藏冰之役又相戒速畢場功殺羊以獻于公舉酒而祝其壽也

○刪補云仰觀日星霜露之變俯察昆蟲草木之微女服事乎内男服事乎外奉上則忠敬老則孝恤幼則慈勉事則顧用力則勤御用則儉此固民風之厚而寔先公風化之隆也

七月八章章十一句 周禮籥章中春晝擊土鼓龡豳詩以迎暑中秋夜迎寒亦如之即謂此詩也王氏曰仰觀星日霜露之變俯察昆蟲草木之化以知天時以授民事女服事乎內男服事乎外上以誠愛下下以忠利上父父子子夫夫婦婦養老而慈幼食力而助弱其祭祀也以時其燕饗也以節此七月之義也

鴟鴞鴟鴞既取我子 又叶一入聲 無毀我室 又叶上聲 恩斯勤斯鬻子之閔 叶眉貧反 斯比也爲鳥言以鴟鴞惡鳥攫鳥子而食者也室鳥自名其巢也恩情愛也勤篤厚也鬻養閔憂也○武王克

○衍義徽宗曰讀鴟鴞之詩可以想見周公忠誠惻怛之心且公以叔父之親居冢相之位而所期於王者惟自訴其忠赤比于鳥之哀鳴而無一毫怨懟不遜之詞公何嘗以孺子視王哉今萬世而下誦公之詩而見公之心事如青天白日不可揜也則是而可以律操懿之徒矣

商使弟管叔鮮蔡叔度監紂子武庚之國武王崩成王立周公相之而二叔以武庚叛且流言於國曰周公將不利於孺子故周公東征二年乃得管叔武庚而誅之而成王猶未知周公之意也公乃作此詩以貽王託爲鳥之愛巢者呼鴟鴞而謂之曰鴟鴞鴟鴞爾既取我之子矣無更毀我之室也以我情愛之心篤厚之意鬻養此子誠可憐憫今既取之其毒甚矣況又毀我室乎以比武庚既敗管蔡不可更毀我王室也

○迨天之未陰雨徹彼桑土音杜綢音儔繆平聲牖戶今女音汝下民或敢侮予叶演女反○比也迨及。徹取也。桑土桑根也。綢繆纏綿也。牖巢之通氣處也。戶其出入處也。○亦爲鳥言我及天未陰雨之時而徃取桑根以纏綿巢之隙穴使之堅固以備陰雨之患則此下土之民誰敢有侮予者亦以比已深愛王室而預防其患難之意故孔子讃之曰爲此詩者其知道乎能治其國家誰敢侮之

温按將異本多作所當從之

○删補云首章喩武庚不可毁王室中二章喩已忠愛而勤勞之意末章喩已慮王室之變而作詩以喩王此詩非爲自明已志蓋欲以悟王心而不爲流言所乘斯王室能安也

○予手拮据拮音吉据音居予將捋力活反荼予所蓄租子胡反予口卒瘏瘏音徒曰予未有室家叶古胡反○比也拮据手口共作之貌捋取也荼萑苕可藉巢者也蓄積租聚卒盡瘏病也室家巢也○亦爲鳥言作巢之始所以拮据以捋荼蓄租勞苦而至於盡病者以巢之未成也以比已之前日所以勤勞如此者以王室之新造而未集故也

○予羽譙譙譙音樵予尾翛翛翛音消予室翹翹風雨

所漂搖，予維音嘵嘵。（音囂）比也。譙譙，殺也。翛翛，敝也。翹翹，危也。嘵嘵，急也。○亦為鳥言：羽殺尾敝，以成其室，而未定也。風雨又從而飄搖之，則我之哀鳴安得而不急哉！以比己既勞悴，王室又未安，而多難乘之，則其作詩以喻王，亦不得而不汲汲也。

鴟鴞四章，章五句。事見書金縢篇。

我徂東山，慆慆（音滔）不歸。我來自東，零雨其濛。（叶謨悲反）我東曰歸，我心西悲。制彼裳衣，勿士行（音杭）枚。蜎蜎（音娟）者蠋（音蜀），烝在桑野。（叶上與反）敦（音堆）彼

○衍義云：周在豐鎬，管蔡三監叛，其地在王室之東，周公征之，自西而東，故謂之東征。行役以雨為苦，雨之濛濛，形容羈旅愁

脩之意故篇中多以
爲言

○同臨川王氏曰古
用車戰則將率有所
蔽倚止則爲營衛與
輜重無以異兵械衣
服皆可以載其中

獨宿亦在車下叶後五反○賦也東山所征
之地也慆慆言久也零落也
濛雨貌裳衣平居之服也勿士行枚未詳其
義鄭氏曰士事也行陳也枚如箸銜之有繣
結項中以止語也蜎蜎動貌蠋桑蟲如蠶者
也烝發語辭敦獨處不移之貌此則興也○
成王既得鴟鴞之詩又感風雷之變始悟而
迎周公於是周公東征已三年矣既歸因作
此詩以勞歸士蓋爲之述其意而言曰我之
東征既久而歸途又有遇雨之勞因追言其
在東而言歸之時心已西嚮而悲於是制其
平居之服而以爲自今可以勿爲行陳銜枚
之事矣及其在塗則又覩物起興而自歎曰
彼蜎蜎者蠋則在彼桑野矣此敦然而獨宿
者則亦在此車下矣

○衍義鄭氏曰室中久無人故有此五物是足畏乃可與憂思耳蓋荒涼情狀殊爲可畏然可畏而不歸哉將益動我懷思之情也

○我徂東山慆慆不歸我來自東零雨其濛果臝力果反之實亦施音異于宇伊威在室蠨音蕭蛸音筲在戶町音挺疃他短反鹿場熠音翊燿以照反宵行叶戶郎反不可畏叶於非反也伊可懷叶胡威反也賦也。果臝栝樓也。施延也蔓生延施于宇下也。伊威鼠婦也。室不掃則有之。蠨蛸小蜘蛛也。戶無人出入則結網當之。町疃舍傍隙地也。無人焉故鹿以爲場也。熠燿明不定貌。宵行蟲名如蠶夜行喉下有光如螢。○章首四句言其往來之勞在外之久故每章重言見其感念之深。遂言已東征而室廬荒廢至於如此亦可畏矣然豈可畏而不歸哉亦可懷思而已此

○衍義孔氏曰將陰雨水泉上潤故蟻避濕而上冢鸛是好水之鳥知天將雨故長鳴而喜也

○前漢書翼奉傳云巢居知風穴處知雨

則述其歸未至而思家之情也。

○我徂東山慆慆不歸我來自東零雨其濛。鸛鳴于垤叶地反婦嘆于室洒掃穹窒我征聿至叶入聲有敦音堆瓜苦烝在栗薪自我不見于今三年。叶尼因反○賦也鸛水鳥似鶴者也。垤蟻冢也穹窒見七月。○將陰雨則穴處者先知故蟻出垤而鸛就食之遂鳴于其上也行者之妻亦思其夫之勞苦而嘆息於家於是洒掃穹窒以待其歸而其夫之行忽已至矣因見苦瓜繫於栗薪之上而曰自我之不見此亦已三年矣栗周土所宜木與苦瓜皆微物也見之而喜則其行久而感深

○衍義劉氏曰上章熠燿言宵行蟲之光故以爲明不定貌此章言倉庚之羽故以爲鮮明集傳隨文解義類如此

○同孔氏曰婚禮言結帨此言結縭則縭當是帨

可知矣。

○我徂東山，慆慆不歸。我來自東，零雨其濛。倉庚于飛，熠燿其羽。之子于歸，皇駁音剥其馬。叶滿補反親結其縭，叶離羅二音九十其儀。叶宜俄二音其新孔嘉，叶居宜居何二反其舊如之何。叶奚何二音○賦而興也。

倉庚飛，昏姻時也。熠燿，鮮明也。黃白曰皇，騮白曰駁。縭，婦人之褘也。母戒女而爲之施衿結帨也。九其儀，十其儀，言其儀之多也。賦時物以起興，而言東征之歸士，未有室家者，及時而昏姻，既甚美矣。其舊有室家者，相見而喜，當如何耶。

○刪補云首章言其完師之慶二章切思家之情三章夫婦相遇之喜末章男女婚姻之樂皆曲体軍士之情而言也

○春秋者畏鄭云尾解土崩

東山四章章十二句序曰一章言其完也二章言其思也三章言其室家之望歸也四章樂男女之得及時也君子之於人序其情而閔其勞所以說也說以使民民忘其死其惟東山乎愚謂完謂全師而歸無死傷之苦思謂未至而思有愴恨之懷至於室家望歸男女及時亦皆其心之所願而不敢言者上之人乃先其未發而歌詠以勞苦之則其歡欣感激之情爲如何哉蓋古之勞詩皆如此其上下之際情志交孚雖家人父子之相語無以過之此其所以維持鞏固數十百年而無[illegible]土崩之患也

既破我斧又缺我斨音鎗周公東征四國是皇

○刪補云從征雖勞而聖人爲天下之心昭然可識此彼堅執鋭之夫皆体其心而自忘其勞也

温按一本柳又之下有有之字

哀我人斯亦孔之將。賦也。隋銎曰斧。方銎曰斨。征伐之用也。四國四方之國也。皇匡也。將大也。○從軍之士以前篇周公勞己之勤。故言此以答其意曰東征之役。既破我斧而缺我斨。其勞甚矣。然周公之爲此擧。蓋將使四方莫敢不一於正而後已。其哀我人也。豈不大哉。然則雖有破斧缺斨之勞。而義有所不得辭矣。夫管蔡流言以謗周公。而公以六軍之衆往而征之。使其心一有出於自私而不在於天下。則撫之雖勤。勞之雖至。而從役之士豈能不怨也哉。今觀此詩。固足以見周公之心大公至正。天下信其無有一毫自愛之私。抑又以見當是之時。雖被堅執鋭之人。亦皆能以周公之心爲心。而不自爲一身一家之計。蓋亦莫非聖人之徒也。學者於此熟玩而有得焉。則其心正大

而天地之情
眞可見矣。
○既破我斧又缺我錡。音奇叶巨何反周公東征四
國是吪。音訛哀我人斯亦孔之嘉。叶居何反○
賦也。錡鑿屬。吪化。嘉
善也。
○既破我斧又缺我銶。音求周公東征四國是
遒。音囚哀我人斯亦孔之休。賦也。銶木屬。遒斂
而固之也。休美也。
破斧三章章六句范氏曰。象日以殺舜
爲事。舜爲天子也則
封之。管蔡啓商以叛周。公之爲相也則
誅之。迹雖不同。其道則一也。蓋象之禍

○衍義范氏曰。蓋以明聖人處物之義。而見周公無愧于舜也

及於舜而已故舜誅之管蔡流言將危周公以間王室得罪於天下故周公誅之非周公誅之天下之所當誅也周公豈得而私之哉

伐柯如何匪斧不克取妻如何匪媒不得

比也柯斧柄也克能也媒通二姓之言者也○周公居東之時東人言此以比平日欲見周公之難

○伐柯伐柯其則不遠我遘音姤之子籩豆有踐上聲

○比也則法也我東人自我也之子指其妻而言也籩竹豆也豆木豆也踐行列之貌○言伐柯而有斧則不過即此舊斧之柯而得其新柯之法娶妻而有媒則亦不過即此見之而成其同牢之禮矣東人言此

○衍義嚴氏曰伐柯事之小者也娶妻禮之大者也物有大小而遂其所欲則均可喜也東人之于公未見而願之之深既見而喜之之甚故其言如此

○刪補云東人于周公追其始之難見而幸其今之得見其得于所感者深矣

以比今日得見周公之易深喜之之詞也。

伐柯二章章四句

九罭音域之魚鱒音樽魴我覯之子袞衣繡裳興也。

九罭九囊之網也。鱒似鯶而鱗細眼赤。魴已見上。皆魚之美者也。我東人自我也。之子指周公也。袞衣裳九章。一曰龍。二曰山。三曰華蟲。四曰火。五曰宗彝虎蜼也。皆繢於衣。六曰藻。七曰粉米。八曰黼。九曰黻。皆繡於裳。天子之龍。一升一降。上公但有降龍。以龍首卷然。故謂之袞也。○此亦周公居東之時東人喜得見之而言九罭之網則有鱒魴之魚矣。我遘之子則見其袞衣繡裳之服矣。

○衍義蔡九峯曰龍取其變也山取其鎮也華蟲取其文也火取其明也宗彝取其孝也藻水草取其潔也粉米白米取其養也黼若斧形取其斷也黻兩己相戾取其辨也

○同徵弦曰召公之南則愛及于甘棠周公之東則願見其袞衣于此可以見二公之盛德

○刪補云首章幸其得見而致喜下二章計其將歸而願留此東人好德之情而亦見周公之所感者深也

○鴻飛遵渚公歸無所於女音汝信處興也遵循也渚小洲也女東人自相女也再宿曰信○東人聞成王將迎周公又自相謂而言鴻飛則遵渚矣公歸豈無所乎今特於女信處而已

○鴻飛遵陸公歸不復於女信宿興也高平曰陸不復言將留相王室而不復來東也

○是以有袞衣兮無以我公歸兮無使我心悲兮賦也承上二章言周公信處信宿於此是以東方有此服袞衣之人又願其且留於此無遽迎公以歸歸則將不復來而使我心悲也

○衍義徽猷曰赤舄几几言公之臨太難而不懼處太變而不疑其進退自如無異周旋當廟之日也德音不瑕言公之心忠誠惻怛昭然在人目雖處變之時而其舉之猶之無事之日也

○四國蓋皆管蔡商奄與破斧詩所言四國文不同

九罭四章一章四句三章章三句

狼跋其胡載疐音致其尾公孫音遜碩膚赤舄音昔几几

興也跋躐也胡頷下懸肉也載則疐跲其也老狼有胡進而躐其胡則退而跲其尾公周公也孫讓碩大膚美也赤舄冕服之舄也几几安重貌○周公雖遭疑謗然所以處之不失其常故詩人美之言狼跋其胡則疐其尾矣公遭流言之變而其安肆自得乃如此蓋其道隆德盛而安土樂天有不足言者所以遭大變而不失其常也夫公之被毀以管蔡之流言也而詩人以爲此非四國之所爲乃公自讓其大美而不居耳蓋不使讒邪之口得以加乎公之忠聖此可見其愛公之深敬公之至而其立言亦有法矣

○刪補云上章處變而居之安下章處變而擧之謹蓋其光明正大之心無往不適足以驗周公之盛德無虧也而詩人諱其流言之事特以爲公之自讓其大美而不居其位言亦有法也

○莊子齊物論云日夜相代乎前云云

○狼疐其尾載跋其胡公孫碩膚德音不瑕

叶洪孤反○典也。德音猶令聞也。瑕疵病也

○程子曰。周公之處己也。夔夔然存恭畏之心。其存誠也。蕩蕩然無顧慮之意。所以不失其聖而德音不瑕也。

狼跋二章章四句

范氏曰。神龍或潛或飛。能大能小。其變化不測。然得而畜之。若犬羊然。有欲故也。唯其可以畜之。是以亦得醢而食之。凡有欲之類。莫不可制焉。唯聖人無欲。故天地萬物不能易也。富貴貧賤死生如寒暑晝夜相代乎前。吾豈有二其心乎哉。亦順受之而已矣。舜受堯之天下不以爲泰。孔子阨於陳蔡而不以爲戚。周公遠則四國流言。近則王不知。而赤舃

○隋書王通字仲淹居汾河教授弟子千餘人謚曰文中子程元師事王通備聞六經之義云云

凡九德音不瑕其致一也

豳國七篇二十七章二百三句

程元問於文中子曰敢問豳風何風也曰變風也元曰周公之際亦有變風乎曰君臣相誚其能正乎成王終疑周公則風遂變矣非周公至誠其孰卒能正之哉元曰居變風之末何也曰夷王以下變風不復正矣夫子蓋傷之也故終之以豳風言變之可正也惟周公能之故係之以正變而克正危而克扶始終不失其本其惟周公乎係之豳遠矣哉○籥章歛豳詩以逆暑迎寒已見於七月之篇矣又曰祈年于田祖則歛豳雅以樂田畯祭蜡則

○音釋大田祖始耕田者神農也田畯古之先教田者大蜡八先嗇一司嗇二農三郵表畷四貓虎五坊六水庸七昆蟲八息老物杜子春云萬物助天成歲事至此爲其老而勞乃祀而老息之於是國亦養老焉

欽豳頌以息老物則考之於詩未見其篇章之所在故鄭氏三分七月之詩以當之其道情思者爲風正禮節者爲雅樂成功者爲頌然一篇之詩首尾相應乃剟取其一節而偏用之恐無此理故王氏不取而但謂本有是詩而亡之其說近是或者又疑但以七月全篇隨事而變其音節或以爲風或以爲雅或以爲頌則於理爲通而事亦可行如又不然則雅頌之中凡爲農事而作者皆可冠以豳號其說具於大田良耜諸篇讀者擇焉可也

詩經卷之三

詩經卷三

再刻頭書

詩經集註

四

○陽外菴集四一二云詩大序曰政有大小故有小雅焉有大雅焉此說未安華谷嚴氏云雅之小大特以体之不同爾盖優柔委曲意在言外風之体也明白正大直言其事雅之体也純乎雅之体者爲雅之大雜乎風之体者爲雅之小小雅中固有雅体多而風体少者然終不得爲大雅也華谷此說深得二雅名義可破政有小大之說特爲表出之

○大全安成劉氏曰受釐釐字與禧同祭而受福也

○大小雅周頌篇數多故以十篇爲一什也

詩經卷之四　朱熹集傳

小雅二

雅者，正也。正樂之歌也。其篇本有大小之殊，而先儒說又各有正變之別。以今考之，正小雅，燕饗之樂也；正大雅，會朝之樂，受釐陳戒之辭也。故或歡欣和說，以盡群下之情；或恭敬齊莊，以發先王之德。詞氣不同，音節亦異。多周公制作時所定也。及其變也，則事未必同，而各以其聲附之。其次序時世，則有不可考者矣。

鹿鳴之什二之一

雅頌無諸國別，故以十篇爲一卷，而謂之什。

什，猶軍法以十人爲什也。

呦呦音幽鹿鳴，叶音芒食野之苹。叶音旁我有嘉賓

詩卷第四

鼓瑟吹笙叶師莊反吹笙鼓簧音黃承筐是將人之好去聲我示我周行叶音杭興也呦呦聲之和也苹藾蕭也青色白莖如筯我主人也賓所燕之客或本國之臣或諸侯之使也瑟笙燕禮所用之樂也簧笙中之簧也承奉也筐所以盛幣帛者也將行也奉筐而行幣帛飲則以酬賓送酒食則以侑賓勸飽也周行大道也古者於旅也語故欲於此聞其言也○此燕饗賓客之詩也蓋君臣之分以嚴爲主朝廷之禮以敬爲主然一於嚴敬則情或不通而無以盡其忠告之益故先王因其飲食聚會而制爲燕饗之禮以通上下之情而其樂歌又以鹿鳴起興而言其禮意之厚如此燕乎人之好我而示我以大道也記曰私惠不歸德君子不自留焉蓋

○儀禮鄉射禮云古者於旅也語 註云禮成樂備乃可以言語先王之道疾今人言語無節

○衍義云詩於旅也語出鄉射禮言燕飲至旅酬禮成樂備于是而語不然則慢矣

○詩柄燕享有別矣在廟燕在寢享重而燕輕享則君親獻燕則不親獻

○禮記緇衣篇陳澔註云人有私意於我而不合於德義之公君子决不肯自留處也

○衍義南台日周之
盛時風俗未有偷薄
而詩曰視民不恌者
非以爲返薄還淳也
源仁義之源以固民
心于未漓而使淳厚
者不淪于薄耳

其所望於羣臣嘉賓者唯在於示我以大道
則必不以私惠爲德而自留矣嗚呼此其所
以和樂而
不淫也與。

○呦呦鹿鳴食野之蒿我有嘉賓德音孔昭
叶側豪反視民不恌他彫反叶音桃君子是則是傚叶胡高反
我有旨酒嘉賓式燕以敖音翱○興也蒿菣也即青蒿也孔甚
昭明也視與示同恌偷薄也敖游也○言嘉
賓之德音甚明足以示民使不偷薄而君子
所當則傚則亦不待言語之
間而其所以示我者深矣。

○呦呦鹿鳴食野之芩音琴我有嘉賓鼓瑟鼓

○删補云首章燕饗而教求二章已得賓之教而尤切于求末章欲安賓之心以期深于教此王者之言之誠心也

○禮記學記篇註云宵小也肄習也三謂鹿鳴四牡皇皇者華也○衍義云註宵雅肄三宵之言小也肄習也凡入大學必先習此三詩言其始也

琴。鼓瑟鼓琴。和樂音洛且湛。音耽叶持林反我有旨酒。以燕樂嘉賓之心。興也。芩草名。莖如釵股葉如竹蔓生。湛樂之久也。燕安也○言安樂其心則非止養其體娛其外而已蓋所以致其殷勤之厚而欲其教示之無已也

鹿鳴三章章八句

按序以此為燕羣臣嘉賓之詩而燕禮亦云。工歌鹿鳴四牡皇皇者華即謂此也。鄉飲酒用樂亦然。而學記言大學始教宵雅肄三亦謂此三詩。然則又為上下通用之樂矣。豈本為燕羣臣嘉賓而作。其後乃推而用之鄉人也與。然於朝曰君臣焉。於燕曰賓主焉。先王以禮使臣之厚。於此見矣○范氏曰食之以禮樂

○行義云按王朝燕賜激勸所係故此詩雖憫其勞而輒以王事靡盬爲言所以慰勞也亦所以作忠也

之以樂將之以實求之以誠此所以得其心也賢者豈以飲食幣帛爲悅哉夫婚姻不備則貞女不行也禮樂不備則賢者不處也賢者不處則豈得樂而盡其心乎

四牡騑騑音非周道倭音威遲豈不懷歸王事靡盬音古我心傷悲。賦也。騑騑行不止之貌。周道大路也。倭遲回遠之貌。盬不堅固也。○此勞使臣之詩也。夫君之使臣臣之事君禮也。故爲臣者奔走於王事特以盡其職分之所當爲而已。何敢自以爲勞哉。然君之心則不敢以是而自安也。故燕饗之際叙其情而閔其勞。言駕此四牡而出使於外其道路之回遠如此。當是時豈不思歸乎。特以王事不可以不堅固。不敢徇私以廢公。是

○傳曰毛萇傳也

○嚴氏曰註跪者雙膝著地而立身坐者雙膝不著地而坐也

○衍義輔氏曰三章四章既述其不得養親之情矣此章又言以是情而告于上所謂臣下不敢自言君上探其情而爲之言者盡於私意而畢於公義君之勞臣當然也

以內顧而傷悲也。臣勞於事而不自言。君探其情而代之言。上下之間可謂各盡其道矣。傳曰。思歸者私恩也。靡盬者公義也。傷悲者情思也。無私恩非孝子也。無公義非忠臣也。君子不以私害公。不以家事辭王事。范氏曰。臣之事上也必先公而後私。君之勞臣也必先恩而後義。

○四牡騑騑音非嘽嘽音灘駱音洛馬叶滿補反豈不懷歸。王事靡盬。不遑啓處。賦也。嘽嘽衆盛之貌。白馬黑鬣曰駱。遑暇。啓跪。處居也。

○翩翩音篇者鵻音隹載飛載下叶後五反集于苞栩。

○刪補云上四章奉公而缺養末則欲陳情以達于君此皆使臣之心而上者代爲之言可謂善体人情者矣

○音釋云枸檵即枸杞本草其根名地骨

王事靡盬不遑將父興也。翩翩飛貌。鵻夫不也。今鵓鳩也。凡鳥之短尾者皆鵻屬將養也。○翩翩者鵻猶或飛或下而集於所安之處。今使人乃勞苦於外而不遑養其父此君人者所以不能自安而深以爲憂也。范氏曰忠臣孝子之行役未嘗不念其親君之使臣豈待其勞苦而自傷哉亦憂其憂如己而已矣。此聖人所以感人心也

○翩翩者鵻載飛載止集于苞杞音起王事靡盬不遑將母叶滿彼反○興也。杞枸檵也。

○駕彼四駱載驟駸駸音侵豈不懷歸是用作

○左傳襄公四年云：穆叔如晉，晉侯饗之，歌鹿鳴之三，三拜。韓獻子使子員問之。對曰：鹿鳴，君所以嘉寡君也，敢不拜嘉。四牡，君所以勞使臣也，敢不重拜。皇皇者華，君教使臣曰：必諮於周。敢不重拜。

○國語魯語云：叔孫穆子對曰：鹿鳴，君所以嘉先君之好也，敢不拜嘉。四牡，君所以章使臣之勤也，敢不拜章。皇華，君教使臣曰：每懷靡及，諏謀度詢，必咨於周。敢不拜教。

○儀禮鄉飲酒亦用之

是用作歌將毋來諗音審，叶深。○賦也。駸駸，驟貌。諗，告也。以其不獲養父母之情，而來告於君也。非使人作是歌也，設言其情以勞之耳。獨言將毋者，因上章之文也。

四牡五章章五句

按序言此詩所以勞使臣之來，甚協詩意。故春秋傳亦云。而外傳以爲章使臣之勤，所謂使臣。雖叔孫之自稱，亦正合其本事也。但儀禮又以爲上下通用之樂，疑亦本爲勞使臣而作，其後乃移以他用耳。

皇皇者華叶芳無反**于彼原隰駪駪**音華**征夫每懷靡及**○興也。皇皇，猶煌煌也。華，草木之華也。高平曰原，下濕曰隰。駪駪，衆多疾行之貌。征夫，使臣與其屬也。懷，思也。○此遣使臣之

○行義疏云皇華遣使勸以義四牡勞役恤以情是以出則盡其職歸則忘其勞由君之使臣有道也然四牡皇華不以遣勞先後爲次序而以私恩公義爲次序見君之厚于其臣如此

○音釋云忍音及如絲謂直也

詩也。君之使臣。固欲其宣上德而達下情。而臣之受命。亦惟恐其無以副君之意也。故先王之遣使臣也。美其行道之勤。而述其心之所懷曰。彼煌煌之華。則于彼原隰矣。此駪駪然之征夫。則其所懷思。常若有所不及矣。蓋亦因以爲戒。然其辭之婉而不迫如此。詩之忠厚亦可見矣。

○我馬維駒。六轡如濡。載馳載驅。周爰咨諏。

賦也。如濡。鮮澤也。周。徧。爰。於也。咨諏。訪問也。○使臣自以每懷靡及。故廣詢博訪。以補其不及。而盡其職也。程子曰。咨訪。使臣之大務。

○我馬維騏。音其 六轡如絲。叶新齎反 載馳載驅。周爰咨謀。叶謨悲反 ○賦也。如絲。調忍也。謀。猶諏也。變文以協韻耳。下章放此。

○刪補云首章興其自歎之心下皆擬爲盡心之事此皆使臣之志而王者代爲之言可謂激勸有道矣

○我馬維駱六轡沃烏毒反若載馳載驅周爰咨度入聲○賦也沃若猶如濡也度猶謀也。

○我馬維駰音因六轡既均載馳載驅周爰咨詢○賦也陰白雜毛曰駰均調也詢猶度也。

皇皇者華五章章四句

按序以此詩爲君遣使臣春秋內外傳皆云君教使臣其說已見前篇儀禮亦見鹿鳴疑亦本爲遣使臣而作其後乃移以他用也然叔孫穆子所謂君教使臣曰每懷靡及諏謀度詢必咨於周敢不拜教可謂得詩之意矣范氏曰王者遣使於四方教之以咨諏善道

○刪補云常當作棠

○衍義王氏曰文武以來宴兄弟亦必有詩然鹿鳴四牡等篇詞多和平惟棠棣一篇詞多激切意若有

將以廣聰明也夫臣欲正其君之德必求賢以自助故臣能從善則可以善君矣臣能聽諫則可以諫君矣未有不自治而能正君者也

常棣之華鄂五各反不韡韡音偉凡今之人莫如兄弟待禮反○興也常棣棣也子如櫻桃可食鄂鄂然外見之貌不猶豈不也韡韡光明貌○此燕兄弟之樂歌故言常棣之華則其鄂然而外見者豈不韡韡乎凡今之人則豈有如兄弟者乎

○死喪之威兄弟孔懷叶胡威反原隰裒薄侯反矣兄弟求矣賦也威畏懷思裒聚也○言死喪之禍他人所畏惡惟兄弟爲相恤耳至於積尸裒聚於原野之間亦惟兄弟爲

所急劇則周公因管蔡之事其后更為此詩無疑

○行義程子曰春令首尾相應急難之際兄弟相應如是也丘氏曰春令飛則鳴行則搖不少自止猶兄弟在急難用其心亦不少自止

相求也。此詩蓋周公既誅管蔡而作。故此章以下。專以死喪急難鬭鬩之事為言。其志切。其情哀。乃處兄弟之變如孟子所謂其兄關弓而射之則己垂涕泣而道之者。序以為閔管蔡之失道者得之。而又以為文武之詩。則誤矣。大抵舊說詩之時世皆不足信。舉此自相矛盾者以見其一端。後不能悉辨也。

○春音積令音零在原。兄弟急難。叶泥沿反。每有良朋。況也永歎。音灘叶他涓反。○興也。春令。雝渠水鳥也。況。發語詞。或曰。當作怳。○春令飛則鳴行則搖。有急難之意。故以起興而言。當此之時。雖有良朋。不過為之長歎息而已。力或不能相及也。東萊呂氏曰。疏其所親。而親其所疏。此失其本心者也。故此詩反覆言朋友之不如兄弟。蓋示之以親疏之分。

○揚升菴集四十六云按尸子云楚人有鬻矛與盾者譽之曰吾盾之堅莫能陷也又譽其矛曰吾矛之利於物無不陷也或曰以子之矛陷子之盾何如其人弗能應也今之補自相矛盾本於此

○韓文第六云潢潦無根源朝滿夕已除

○左傳僖公二十四年富辰曰兄弟雖有小忿不廢懿親註云懿美也言內雖不和猶宜外扞異族之侮

使之反循其本也本心既得則由親及疏秩然有序兄弟之親既篤朋友之義亦敦矣初非薄於朋友也苟雜施而不孫雖曰厚於朋友如無源之水朝滿夕除胡可保哉或曰人之在難朋友亦可以坐視與曰每有良朋況也永歎則非不憂憫但視兄弟急難爲有差等耳詩人之詞容有抑揚然常棣周公作也聖人之言小大高下皆宜而前後左右不相悖

○兄弟鬩許歷反于牆外禦其務音侮每有良朋烝之承反也無戎叶而主反○賦也鬩鬭很也禦禁也烝發語聲戎助也○言兄弟設有不幸鬭很于內然有外侮則同心禦之矣雖有良朋豈能有所助乎富辰曰兄弟雖有小忿不廢懿親

○行義蘇眉山曰人居喪亂既平后不知前日兄弟之可恃而以至親相責望則兄弟易以生怨故有以爲朋友賢于兄弟者

○喪亂既平。既安且寧。雖有兄弟。不如友生。叶桑經反○賦也上章言患難之時兄弟相救。非朋友可比。此章遂言安寧之後乃有視兄弟不如友生者。悖理之甚也。

○儐賓胤反爾籩豆。飲酒之飫。於慮反兄弟既具。和樂音洛且孺。賦也。儐。陳。飫。饜。具。俱也。孺。小兒之慕父母也。○言陳籩豆以醉飽。而兄弟有不具焉。則無與共享其樂矣。

○妻子好去聲合。如鼓瑟琴。兄弟既翕。音吸和樂且湛。音耽叶持林反○賦也。翕。合也。○言妻子好合。如琴瑟之和。而兄弟有不合焉。則無以久其樂矣。

○衍義云按周公之於二叔猶舜之於象而東征之慘不如有庳之封蓋其恩不虧也然觀棠棣之詩哀傷激切若有懲創不獲已之情於此見周公之心終不忍也

○輯補云首章揭言兄弟之重二章三章四章是驗其情于處變五章至末又推安寧相須之意而深察人之自考也

○宜爾室家叶古胡反樂爾妻帑叶奴是究是圖亶其然乎。

賦也。帑子。究窮。圖謀。亶信也。○宜爾室家者兄弟具而後樂且孺也。樂爾妻帑者兄弟翕而後樂且湛也。兄弟於人其重如此。試以是究而圖之豈不信其然乎。東萊呂氏曰告人以兄弟之當親未有不以爲然者也。苟非是究是圖實從事於此則亦未有誠知其然者也。不誠知其然則所知者特其名而已矣。凡學蓋莫不然。

常棣八章章四句

此詩首章略言至親莫如兄弟之意。次章乃以意外不測之事言之。以明兄弟之情其切如此。三章但言急難則淺於死喪矣。至於四章則又以其情義之甚薄而猶有所不能已者言之。其序若曰不

待死喪然後相救但有急難使當相助
言又不幸而至於或有小忿猶必共禦
外侮其所以言之者雖若益輕以約而
所以著夫兄弟之義者益深且切矣至
於五章遂言安寧之後乃謂兄弟不如
友生則是至親反爲路人而人道或幾
乎息矣故下兩章乃復極言兄弟之恩
異形同氣死生苦樂無適而不相須之
意卒章又申告之使反覆窮極而驗其
信然可謂委曲漸次說盡人情矣讀者
宜深味之

伐木丁丁音爭鳥鳴嚶嚶音鶯出自幽谷遷于喬
木嚶其鳴矣求其友聲相去聲彼鳥矣猶求友

○音釋云友聲應聲也

○衍義云此詩首章泛言人當擇友之意下二章詳言求器爲友之事也嘗主士君說在朝爲君臣在燕則曰用友故舊

○問云。語錄問伐木大意者自言待朋友不可不加厚之意所以感發之也朱子曰然究之是語可以知周家之上下交而王業成由茲矣

聲矧伊人矣不求友生叶桑經反神之聽之終和且平 興也丁丁伐木聲嚶嚶鳥聲之和也幽深遷升喬高相視矧況也○此燕朋友故舊之樂歌故以伐木之丁丁興鳥鳴之嚶嚶而言鳥之求友遂以鳥之求友喻人之不可無友也人能篤朋友之好則神之聽之終和且平矣

○伐木許許音虎釃音師酒有藇音序既有肥羜音佇以速諸父寧適不來微我弗顧叶居[illegible]反於音烏粲酒去聲埽去聲叶蘇後反陳饋八簋叶已有反既有肥牡以速諸舅寧適不來微我有咎 興也許許衆人共力之聲淮南

〇淮南子道應訓云夫舉大木者前呼邪許後亦應之
〇禮記郊特牲篇云縮酌用茅注泲之以茅縮去滓也
〇爾雅注云俗呼五月羔爲羜
〇衍義范氏曰天子呼諸侯同姓大國曰伯父同姓小國曰叔父異姓大國曰伯舅異姓小國曰叔舅

子曰舉大木者呼邪許蓋舉重勸力之歌也釃酒者或以筐或以草泲之而去其糟也禮所謂縮酌用茅是也藇美貌羜未成羊也速召也諸父朋友之同姓而尊者也微無顧念也於歎辭粲鮮明貌八簋器之盛也諸舅朋友之異姓而尊者也先諸父而後諸舅者親疏之殺也咎過也〇言具酒食以樂朋友如此寧使彼適有故而不來而無使我恩意之不至也孔子曰所求乎朋友先施之未能也此可謂能先施矣

〇伐木于阪叶孚臠反釃酒有衍籩豆有踐上聲兄弟無遠民之失德乾餱音侯以愆叶起淺反有酒湑上聲我無酒酤音古我坎坎鼓我蹲蹲音存舞我迨

○衍義云迨我二句是及時爲樂意非以國家閒暇也只是萬幾稍暇庶政暫康之日如日出視朝日中考政無暇及此一暇則當燕此酒可見朋友之好即當未暇時未嘗不在心上待其未暇雖有是心而未及盡耳

○刪補云首章著友誼當篤下二章則曲盡其篤友之情也

○衍義疏云無時而不受福則積之也極

音待我暇叶後五反矣飲此湑矣興也衍多也踐陳列貌兄弟朋友之同儕者無遠皆在也先諸舅而後兄弟者尊卑之等也乾餱食之薄者也愆過也湑亦釃也酤買也坎坎擊鼓聲蹲蹲舞貌迨及也○言人之所以至於失朋友之義者非必有大故或但以乾餱之薄不以分人而至於有愆耳故我於朋友不計有無但及閒暇則飲酒以相樂也

伐木三章章十二句 劉氏曰此詩每章首輒云伐木凡三云伐木故知當爲三章舊作六章誤矣今從其說正之

天保定爾亦孔之固俾爾單音丹厚何福不除

厚故以單厚言無実而不受福則得之也極多故以多益言

○書益稷篇云惟動不應徯志以昭受上帝天其申命以休

去聲俾爾多益以莫不庶賦也保安也爾指君也固堅單盡也除除舊而生新也庶衆也○人君以鹿鳴以下五詩燕其臣臣受賜者歌此詩以答其君言天之安定我君使之獲福如此也

○天保定爾俾爾戩音翦穀罄無不宜受天百祿降爾遐福維日不足賦也聞人氏曰戩與翦同盡也穀善也盡善云者猶其日單厚多益也罄盡遐遠也爾有以受天之祿矣而又降爾以福言天人之際交相與也書所謂昭受上帝天其申命用休語意正如此

○天保定爾以莫不興如山如阜如岡如陵

○衍義云方山荆川倶從疏義説以以莫不興爲上而山阜岡陵與川至莫不増爲對高大盛長皆有興盛之義故川以形容如此此説亦得

○刪補云前三章詳天之福君而擬其盛後三章詳神之福君而擬其盛臣子之願君至此亦忠愛之至矣

○衍義云二句分上下言神錫君以多福

如川之方至。以莫不增。賦也。興盛也。高平曰陸。大陸曰阜。大阜曰陵。皆高大之意。川之方至。言其盛長之未可量也。

○吉蠲音娟爲饎音熾是用孝享。叶虚良反禴音藥祠烝嘗于公先王。君曰卜爾萬壽無疆。賦也。吉言諏日擇士之善。蠲言齊戒滌濯之潔。饎酒食也。享獻也。宗廟之祭。春曰祠。夏曰禴。秋曰嘗。冬曰烝。公先公也。謂后稷以下至公叔祖類也。先王大王以下也。君通謂先公先王也。卜猶期也。此尸傳神意以嘏主人之詞。文王時周未有日先王者。此必武王以後所作也。

○神之弔音的矣。詒音怡爾多福。叶筆力反民之質矣

皆民福之驗于民者也多福虛說就下四句見之徧爲句言民皆以君德爲準而則傚之遷善取德會極歸極若助君以爲德也

日用飲食。羣黎百姓。徧爲爾德。賦也。吊至也。神之至矣。猶言祖考來格也。詒遺。質實也。言其質實無僞日用飲食而已。羣衆也。黎黑也。猶秦言黔首也。百姓庶民也。爲爾德者則而象之。猶助爾而爲德也。

○如月之恒。如日之升。如南山之壽。不騫音牽不崩。如松柏之茂。無不爾或承。賦也。恒弦。升出也。月上弦而就盈。日始出而就明。騫虧也。承繼也。言舊葉將落而新葉已生。相繼而長茂也。

天保六章章六句

采薇采薇。薇亦作叶則故反止。曰歸曰歸。歲亦莫

○衍義云篇中有叙其事者有叙其言者隨文隨意可也此詩戍役重在邊防備守上

○同云熊氏曰北狄畏暑耐寒又秋氣折膠弓弩可用故秋冬易爲侵暴所留屯以防之

○左傳云敵王所愾
詰愾怒也

○行義許氏曰防秋
宋遣戍之名

音暮止靡室靡家叶古乎反玁音險狁音允之故不遑啓居玁狁之故
興也。薇，菜名。作，生出地也。莫，晚也。靡，無也。玁狁，北狄也。遑，暇。啓，跪也。○此遣戍役之詩。以其出戍之時采薇以食而念歸期之遠也。故爲其自言而以采薇起興曰：采薇采薇，則薇亦作止矣。曰歸曰歸，則歲亦莫止矣。然凡此所以使我舍其室家而不暇啓居者，非上之人故爲是以苦我也，直以玁狁侵陵之故，有所不得已而然耳。蓋敍其勤苦悲傷之情，而又風以義也。程子曰：毒民不由其上，則人懷敵愾之心矣。又曰：古者戍役兩朞而還。今年春莫行，明年夏代者至，復留備秋，至過十一月而歸。又明年中春至，春莫遣次戍者。每秋與冬初，兩番戍者皆在疆圉，如今之防秋也。

○行義方山曰未定
朱註已明解作戍事
未已大全輔氏作未
至戍的非也縱至戍
所而戍事未已其可
皈乎

○采薇采薇薇亦柔止曰歸曰歸心亦憂止
憂心烈烈載飢載渴叶巨列反我戍未定靡使歸
聘與也柔始生而弱也烈烈憂貌載則也定
止聘問也○言戍人念歸期之遠而憂勞
之甚然戍事未已則無人可
使歸而問其室家之安否也
○采薇采薇薇亦剛止曰歸曰歸歲亦陽止
王事靡盬不遑啓處憂心孔疚叶訖力反我行不
來叶六直反○興也剛既成而剛也陽十月
也時純陰用事嫌於無陽故名之曰陽月
也孔甚疚病也來歸也此見
士之竭力致死無還心也

○爾古詩作薾

○衍義云、先正有言、彼爾一章、車戰之法也。蓋古者御戎狄、皆用車戰、所以防虞騎之衝突也。自晉敗戎于大鹵、而車戰之法始壞、後遂不復觀矣。

○彼爾維何。維常之華。叶芳無反 彼路斯何。君子之車。叶尺奢反 戎車既駕。四牡業業。豈敢定居。一月三捷。興也。爾、華盛貌。常、常棣也。路、戎車也。君子、謂將帥也。業業、壯也。捷、勝也。○彼爾然而盛者、常棣之華也。彼路車者、君子之車也。戎車既駕、而四牡盛矣。則何敢以定居乎。庶乎一月之間三戰而三捷爾。

○駕彼四牡。四牡騤騤。求龜反 君子所依。小人所腓。音肥 四牡翼翼。象弭音米 魚服。叶蒲北反 豈不日戒。叶訖力反 玁狁孔棘。賦也。騤騤、強也。依、猶乘也。腓、猶芘也。程子曰、腓、隨動也。如足之腓。足動則隨而動也。翼翼、行列整

○音釋云弰弓末也
鞬弓衣也

○説約云錢氏曰依
依柳柔弱之皃

○删補云首章本其以王事而出戍二三章述其忘家忘身之情四五章表其克敵備敵
之志末章預道其歸時之感此皆王者体其情而代言之也

治之狀象弭以象骨飾弓弰也魚獸名似猪
東海有之其皮背上斑文腹下純青可爲弓
鞬矢服也戒警棘急也○言戎車者將帥之
所依乘戍役之所芘筒且其行列整治而器
械精好如此豈不日相警戒乎玁
狁之難甚急誠不可以忘備也

○昔我往矣楊柳依依今我來思雨去聲雪霏
霏芳菲反　行道遲遲載渴載飢我心傷悲莫知
我哀叶於希反○賦也楊柳蒲柳也霏霏雪
甚皃遲遲長遠也○此章又設爲役人
預自道其歸時之事以見其勤勞之甚也程
子曰此皆極道其勞苦憂傷之情也上能察
其情則雖勞而不怨雖憂而能勵矣范氏曰
予於采薇見先王以人道使人後世則牛羊

○衍義㨂予曰此詩所賦自受命至旋皈其事有叙太要在歸功將帥

而已矣。

采薇六章章八句

我出我車于彼牧叶莫狄反矣自天子所謂我來叶六直反矣召彼僕夫謂之載叶節力反矣王事多難去聲維其棘矣賦也。牧郊外也。自從也。天子周王也。僕夫御夫也。○此勞還率之詩。追言其始受命出征之時出車於郊外。而語其人曰。我受命於天子之所而來。於是乎召僕夫使之載其車以行。而戒之曰。王事多難。是行也不可以緩矣。

○我出我車于彼郊音高矣設此旐音兆矣建彼

○衍義嚴氏曰一章述其前時之忠敬以慰勞之也二章述其前時之戒懼以慰勞之也

旄音毛矣彼旟音餘旐斯胡不旆旆叶蒲寐反憂心悄悄僕夫況瘁音悴○賦也。郊在牧內。蓋前軍已至牧而後軍猶在郊也。設陳也。龜蛇曰旐。建立也。旄注旄於旗干之首也。鳥隼曰旟。鳥隼龜蛇。曲禮所謂前朱雀而後玄武也。楊氏曰。師行之法、四方之星。各隨其方以爲左右前後。進退有度。各司其局。則士無失伍離次矣。旆旆飛揚之貌。悄悄憂貌。況茲也。或云當作怳。○言出車在郊。建設旟幟。彼旟幟者、豈不旆旆而飛揚乎。但將帥方以任大責重爲憂。而僕夫亦爲之恐懼而憔悴耳。東萊呂氏曰。古者出師以喪禮處之。命下之日士皆泣涕。夫子之言行三軍亦曰臨事而懼。皆此意也

○衍義將曰泉曰自古闢將生事四夷勞費中國者皆起乎貪功之心也貪心一萌利于戰而不利于守設有違天子之命而與兵縱殺以毒民者南仲雖以守備爲上如驅逐犬羊然使不爲中國害則已矣曾有一毫貪功之心乎以全取勝闢大功自成可謂老成練達得將之体矣

○書堯典云蕩蕩懷山襄陵浩浩滔天

○王命南仲往城于方。出車彭彭叶鋪郎反旂旐央央。天子命我城彼朔方。赫赫南仲獫狁于襄。賦也。王。周王也。南仲。此時大將也。方。朔方。今靈夏等州之地。彭彭。衆盛貌。交龍爲旂。此所謂左青龍也。央央。鮮明也。赫赫。威名光顯也。襄。除也。或曰。上也。與懷山襄陵之襄同。言勝之也。○東萊呂氏曰。大將傳天子之命。以令軍衆。於是車馬衆盛。旂旐鮮明。威靈氣焰。赫然動人矣。兵事以哀敬爲本。而所尚則威。二章之戒懼。三章之奮揚。並行而不相悖也。程子曰。城朔方而獫狁之難除。禦戎狄之道。守備爲本。不以攻戰爲先也

○昔我往矣。黍稷方華。叶芳無反今我來思。雨雪

○衍義云按宣王元年命大夫秦仲征西羌死焉其子莊公兄弟五人卒王兵七千人遂破西羌并有犬戎之地此外征西戎事不見經則所謂簡書者乃城朔方之簡書也所謂薄伐西戎亦王者伐爲害家料想之詞耳

載塗王事多難不遑啓居豈不懷歸畏此簡書

賦也。華盛也。塗凍釋而泥塗也。簡書戒命也。鄰國有急則以簡書相戒命也。或曰簡書策命臨遣之詞也。○此言其既歸在塗而本其往時所見與今還時所遭以見其出之久也。東萊呂氏曰采薇之所謂往遣戍時也此詩之所謂往在道時也采薇之所謂來戍畢時也此詩之所謂來歸而在道時也。

○喓喓音腰草蟲趯趯音剔阜螽未見君子憂心忡忡音充既見君子我心則降音杭叶胡攻反赫赫南仲薄伐西戎

賦也。此言將帥之出征也其室家感時物之變而念之以爲未

○衍義徐弦曰大抵古人文章有一体有褒美之体有核實之体春秋之文核實之体也故每據事直書詩之文褒美之体也雖處美隱惡而不嫌於過如此詩雖未嘗與虜交鋒未嘗裁一人則言執訊獲醜非所以爲過詞也此等處要當活看

○刪補云首章之忠勇二章之戒懼三章之奮揚皆叙功之所由成四章以後則其歸途之感室家之思及凱旋之樂也

見而憂之如此必既見然後心可降耳然此南仲今何在乎方往伐西戎而未歸也豈既却玁狁而還師以伐昆夷也與薄之爲言聊也蓋不勞餘力矣

○春日遲遲卉音諱木萋萋音妻倉庚喈喈音皆叶居奚反采蘩祁祁執訊音信獲醜薄言還音旋歸赫赫南仲玁狁于夷賦也卉草也萋萋盛貌倉庚黄鸝也喈喈聲之和也訊其魁首當訊問者也醜徒衆也夷平也○歐陽氏曰述其歸時春日暄妍草木榮茂而禽鳥和鳴於此之時執訊獲醜而歸豈不樂哉鄭氏曰此詩亦伐西戎獨言平玁狁者玁狁大故以爲始以爲終

○衍義云古者戍役以兩朞為期十月則夏代已至防秋已過左戍畢之時正可以暇時也

出車六章章八句

有杕音第之杜有睆音莞其實王事靡盬繼嗣我日日月陽止女心傷止征夫遑止賦也睆實貌嗣續也陽十月也遑暇也○此勞還役之詩故追述其未還之時室家感於時物之變而思之曰特生之杜有睆其實則秋冬之交矣而征夫以王事出乃以日繼日而無休息之期至于十月可以歸而猶不至故女心悲傷而曰征夫亦可以暇矣曷為而不歸哉或曰興也下章倣此

○有杕之杜其葉萋萋王事靡盬我心傷悲

○衍義朱氏曰是詩四章皆述其未至之思而不言其已至之喜蓋未歸之時其思念之切如此則既歸之後其喜樂之深不言而自喻矣先王之于戍役敘其情而閔其勞所以悅也悅以使民民忘其死其是之謂乎

卉木萋止。女心悲止。征夫歸止。賦也。萋萋盛貌。春將暮之時也。歸止。可以歸也。

○陟彼北山。言采其杞。王事靡盬。憂我父母。叶滿有反檀車幝幝音闡四牡痯痯音管叶古轉反征夫不遠。賦也。檀木堅。宜為車。幝幝。敝貌。痯痯。罷貌。○登山采杞。則春已暮而杞可食矣。蓋託以望其君子而念其以王事詒父母之憂也。然檀車之堅而敝矣。四牡之壯而罷矣。則征夫之歸亦不遠矣。

○匪載匪來。叶六直反憂心孔疚。叶訖力反期逝不至。

○刪補云首章感時而計其暇二章感時而憶其歸三章過期而料其至末章過期而決其近皆王者代室家之情言也

○禮記玉藻補云凡賜君子與小人不同日

叶朱力反 **而多爲恤卜筮偕** 叶舉里反 **止會言近** 叶渠紀反 **止征夫邇止** 賦也。載，裝。疚，病。逝，往。恤，憂。偕，俱。會，合也。○言征夫不裝載而來歸，固已使我念之而甚病矣。況歸期已過而猶不至，則使我多爲憂恤，宜如何哉。故且卜且筮，相襲俱作，合言於繇，而皆曰近矣，則征夫其亦邇而將至矣。范氏曰：以卜筮終之，言思之切而無所不爲也。

杕杜四章章七句 鄭氏曰：遣將帥及戍役，同歌同時，欲其同心也。反而勞之，異歌異日，殊尊卑也。記曰：賜君子小人不同日。此其義也。王氏曰：出而用兵，則均服同食，一衆心也。入而振旅，則殊尊卑，辨貴賤，定衆志也。范氏曰：出車勞率，故美其功。杕杜勞衆，故

極其情先王以己之心爲人之心故能曲盡其情使民忘其死以忠於上也

南陔此笙詩也有聲無詞舊在魚麗之後以儀禮考之其篇次當在此今正之說見華黍

鹿鳴之什十篇一篇無辭凡四十六章二百九十七句

白華之什二之三毛公以南陔以下三篇無辭故升魚麗以足鹿鳴什數而附笙詩三篇於其後因以南有嘉魚爲次什之首今悉依儀禮正之

○行義云此三章皆笙詩有聲無詞

○同云此詩與後三篇既謂通用而朱子小註又言魚麗三篇皆君臣燕飲蓋必示于燕本國之臣諸侯之使俱用此詩故曰通用

白華 笙詩也。說見上下篇。

華黍 亦笙詩也。鄉飲酒禮鼓瑟而歌鹿鳴四牡皇皇者華。然後笙入堂下磬南北面立。樂南陔白華華黍。燕禮亦鼓瑟而歌鹿鳴四牡皇華。然後笙入立于縣中奏南陔白華華黍。南陔以下今無以考其名篇之義。然曰笙曰樂曰奏而不言歌。則有聲而無詞明矣。所以知其篇第在此者。意古經篇題之下必有譜焉。如投壺魯鼓薛鼓之節而亡之耳。

魚麗音離于罶。音柳酒叶與鱨音常鯊音沙蘇何反叶君子有酒旨且多。與也。麗歷也。罶以曲薄為笱而承梁之空者也。鱨揚也。今黄頰魚是

○行義本延衡先生曰此詩燕享通用之樂歌見主人優賓之意勤也謂通用者蓋鹿鳴專言燕賓客皇華專言燕使臣棠棣伐木專言燕兄弟朋友此則通用之燕賓客使臣兄弟朋友也不可謂下之人得而道用之也此論極當可玩

也。似燕頭魚身。形厚而長大。頰骨正黃。魚之大而有力解飛者。鯊鮀也。魚狹而小。常張口吹沙。故又名吹沙。君子指主人。旨且多旨而又多也。○此燕饗通用之樂歌。即燕饗所薦之羞。而極道其美且多。見主人禮意之勤。以優賓也。或曰。賦也。下二章放此。

○魚麗于罶。魴鱧。音禮 君子有酒。多且旨。興也。鱧。鯛也。又曰。鯇也。

○魚麗于罶。鰋音偃 鯉。君子有酒。旨且有。叶羽巳反

○興也。鰋。鮎也。有。猶多也。

○物其多矣。維其嘉矣。叶居何反 賦也。

○鄭補云興其盛而歎其全見古人盡志以盡物之意也

○物其旨矣維其偕叶舉里反矣。賦也。

○物其有叶羽已反矣維其時叶上紙反矣。賦也。蘇氏曰多則患其不嘉旨則患其不齊有則患其不時今多而能嘉旨而能齊有而能時言曲全也。

魚麗六章三章章四句三章章二句按儀禮鄉飲酒及燕禮前樂既畢皆間歌魚麗笙由庚歌南有嘉魚笙崇丘歌南山有臺笙由儀間代也言一歌一吹也然則此六者蓋一時之詩而皆爲燕饗賓客上下通用之樂毛公分魚麗以足前什而說者不察遂分魚麗以上爲文武詩嘉魚以下爲成王詩其失甚矣

○說約云今與國刋本朱鑑所傳者鯉質鱒鯢爲是鯽字訛無疑

○同云鄭箋曰南方水中有善魚辨谷曰下文樛木非木名則嘉魚亦非魚名較妥耳

○衍義云南有嘉魚燕享詩也而序以爲樂與賢蓋世非無賢也非不任賢也而中心樂之

○杜工部詩云魚識丙穴由來美

○衍義云薄曲薄也以薄取魚曰汕鄭氏曰樔今之撩罟撩音勞

由庚此亦笙詩。說見魚麗。

南有嘉魚烝然罩罩。音笊 君子有酒嘉賓式燕以樂。音洛叶五教反○興也。南謂江漢之間。嘉魚鯉質鱒鯽肌出於沔南之丙穴。烝然發語聲也。罩篧也。編細竹以罩魚者也。重言罩罩非一之詞也。○此亦燕饗通用之樂。故其辭曰南有嘉魚則必烝然而罩罩之矣。君子有酒則必與嘉賓共之而式燕以樂矣。此亦因所薦之物而道達主人樂賓之意也。

○南有嘉魚烝然汕汕。音訕 君子有酒嘉賓式燕以衎。音看○興也。汕樔也。以薄汕魚也。衎樂也。

○刪補云皆主人備物以樂賓之意也

○南有樛鳩木甘瓠護纍雷之君子有酒嘉賓式燕綏之

興也○東萊呂氏曰瓠有甘有苦甘瓠則可食者也樛木下垂而美實纍之固結而不可解也愚謂此興之取義者似比而實興也

○翩翩者鵻之誰反烝然來叶六直反思君子有酒嘉賓式燕又叶夷昔反思

興也此興之全不取義者也思語辭也又既燕而又燕以見其至誠有加而無已也或曰又思言其又思念而不忘也

南有嘉魚四章章四句說見魚麗

崇丘說見魚麗

○行義聚岡曰首二章與四章兼言德壽三章言父母處見其德言德音不已處見其壽末章言保艾句見其德壽有此二意尤于興休爲切此說亦可

○同劉氏曰此篇通前魚麗嘉魚兩篇皆一時樂工所歌彼爲饗賓樂賓此詩所以美之祝之者爲尊之也

○删補云皆美德祝壽主人尊賓之意也

南山有臺叶田飴反北山有萊叶陵之反樂音洛只音紙君子邦家之基樂只君子萬壽無期興也臺夫須。即莎草也。萊草名。葉香可食者也。君子指賓客也。○此亦燕饗通用之樂。故其辭曰。南山則有臺矣。北山則有萊矣。樂只君子則邦家之基矣。樂只君子則萬壽無期矣。所以道達主人尊賓之意。美其德而祝其壽也。

○南山有桑。北山有楊。樂只君子。邦家之光。樂只君子。萬壽無疆。興也。

○南山有杞。北山有李。樂只君子。民之父母。

○衍義方山曰易隨之九五孚于嘉吉兌之九五孚于剝有厲大凶自天子至于庶人親賢則吉近不善則凶也此詩君子德之可仰也而說而主人尊之者如此所謂孚于嘉而非孚于剝也

叶滿彼反樂只君子德音不已輿也杞樹如樗一名狗骨

○南山有栲音考叶苦口北山有杻音紐樂只君子遐不眉壽叶直酉反樂只君子德音是茂叶莫口反○輿也栲山樗杻檍也遐何通眉壽秀眉也

○南山有枸音矩北山有楰音庾樂只君子遐不黃耇音苟叶果五反樂只君子保艾五蓋反爾後叶下五反

○輿也枸枳枸樹高大似白楊有子著枝端大如指長數寸噉之甘美如飴八月熟亦名木蜜楰鼠梓樹葉木理如楸亦名苦楸黃老人髮復黃也耇老人面凍梨色如浮垢也保

○行義云譽者得君之譽而聲名流溢中外處者永保祿位而福澤延及子孫也或謂處字即就燕上一時言之止身安意似太狹

安。艾養也。

南山有臺五章章六句說見魚麗。

由儀說見魚麗。

蓼音六彼蕭斯零露湑上聲兮既見君子我心寫叶想羽反兮燕笑語兮是以有譽處兮興也。蓼長大貌。蕭蒿也。湑湑然蕭上露貌。君子指諸侯也。寫輸寫也。燕謂燕飲。譽善聲也。處安樂也。蘇氏曰譽豫通。凡詩之譽皆言樂也。亦通。○諸侯朝于天子。天子與之燕以示慈惠。故歌此詩言蓼彼蕭斯。則零露湑然矣。既見君子。則我心輸寫而無留恨矣。是以燕笑語而有譽處也。其

○衍義鹿野曰不忘猶言不已曰不忘永享夫茅土之封而永爲國家之寵光矣

曰既見蓋於其初燕而歌之也

○蓼彼蕭斯零露瀼瀼瀼音穰既見君子爲龍爲光其德不爽川師莊反壽考不忘興也瀼瀼露蕃貌龍寵也爲龍爲光嘉其德之詞也爽差也其德不爽則壽考不忘矣褒美而祝頌之又因以勸戒之也

○蓼彼蕭斯零露泥泥泥音你既見君子孔燕豈弟宜兄宜弟令德壽豈豈音愷川去禮反興也泥泥露濡貌孔甚豈樂弟易也宜兄宜弟猶曰宜其家人蓋諸侯繼世而立多疑忌其兄弟如晉詛無畜羣公子秦鍼懼選之類故以宜兄宜弟美之亦所以警戒之也壽豈壽而且樂也

○左傳宣公二年曰初晉驪姬之亂詛無畜羣公子自是晉無公族　杜註云詛盟誓無公子故廢公族之官

○同昭公元年曰秦后子有寵於桓如二君於景其母曰弗去懼選癸卯鍼適晉　註云后子秦桓公子景公母弟鍼也選數也恐景公數其罪而加戮也

○劉瑾氏云首章美其來朝而得君中二章稱其德而頌其壽寓有勸戒之意末章又著其朝儀修而獲福隆也

○衍義朱氏曰此詩前兩章言厭厭夜飲所以道其情之相親也後兩章言令德令儀又美其德將無醉也然則褒美之中其

○蓼彼蕭斯零露濃濃音農既見君子鞗音條革沖沖音蟲和鸞雝雝萬福攸同。興也。濃濃厚貌。鞗轡也。革轡首也。馬轡所把之外有餘而垂者也。沖沖垂貌。和鸞皆鈴也。在軾曰和。在鑣曰鸞。皆諸侯車馬之飾也。庭燎亦以君子目諸侯而稱其鸞旂之美。正此類也。攸所。同聚也。

蓼蕭四章章六句

湛湛上聲露斯匪陽不晞音希厭厭平聲夜飲不醉無歸。興也。湛湛露盛貌。陽日。晞乾也。厭厭安也。亦久也。足也。夜飲私燕也。燕禮宵則兩階及庭門皆設大燭焉。○此亦天子燕諸侯之詩。言湛湛露斯非日則不晞。以興厭厭

亦寓規戒之意

○同謝疊山曰顯者其心明白通達允者其心忠信誠慤無一毫可疑

○呂東萊曰以德將之不至于亂中無所主則為麴糵所困矣

○刪補云上二章叙設燕者盡其情下二章明與燕者盡其禮此亦見上下交泰之會也

○春秋傳左傳文公四年也

夜飲不醉則不歸蓋於其夜飲之終而歌之也

○湛湛露斯在彼豐草厭厭夜飲在宗載考

興也豐茂也夜飲必於宗室蓋路寢之屬也考成也

○湛湛露斯在彼杞棘顯允君子莫不令德

興也顯明允信也君子指諸侯為賓者也令德謂其飲多而不亂德足以將之也

○其桐其椅音醫其實離離豈弟君子莫不令儀

興也離離垂也令儀言醉而不喪其威儀也

湛露四章章四句春秋傳甯武子曰諸侯朝正於王王宴樂

〇衍義云儀禮燕禮宵則庶子執燭于阼階上司宮執燭于西階上甸人執大燭于庭閽人執大燭于門外燕禮輕無庭燎設大燭而已此亦可見古有夜飲之禮也

〇同云朝正于王謂朝而受政教也三爵春秋傳曰臣侍君宴不過三爵

〇左傳莊公二十二年曰君子曰酒以成禮不繼以淫義也

之。於是賦湛露。曾氏曰。前兩章言厭厭夜飲。後兩章言令德令儀。雖過三爵。亦可謂不繼以淫矣。

白華之什十篇。五篇無辭。凡二十三章一百零四句

詩經卷之四

詩經卷四　　二十四